新潮文庫

管見妄語

# 始末に困る人

藤原正彦著



新潮社版

9822

# はじめに

日本を代表する週刊誌（と思いたい）「週刊新潮」の、看板連載（と思いたい）「管見妄語」の最近一年分を集めたものである。こうやって一まとまりになったものを眺めると、どれも粒揃《つぶぞろ》いの（と思いたい）これら作品群を、私がいともスイスイと書いたように見える。しかし、このシリーズ第一作となった『大いなる暗愚』と同様、生みの苦しみは生易しいものではなかった。

週一本を書こうとすると、普段は無関係の仕事をしているから、まず頭を「管見妄語」に向け、乏しい知恵を絞り、この上なく適切と思われるネタを探すまでに一日、一本につき三枚の原稿を完成させるのに一日、計二日もかかる。三日かかることすらある。

二日か三日もかけて一本ではいくら何でも能率が悪いと、ある時からは基本的に、一日を費しネタを四つほど探し出し、次の四日で一本ずつ、計四本を書き上げるという方式をとることにした。これだと連続五日で約一ヵ月分が仕上がることになる。ところが現実にはそううまく行かないことが多い。

他の仕事がしばしば忙し過ぎて連続して五日をとれないのだ。他の仕事とは、堂々たる（と思いたい）長篇の執筆、綿密緻密《ちみつ》な（と思いたい）取材旅行、聴衆に感銘の嵐《あらし》を巻き起こしている（と思いたい）講演、絢爛《けんらん》たる女性関係に附随した隠密親密な諸活動、さらには愚妻との罪滅ぼしの旅行などである。だから五日がブツブツに切断され、結局は二日、時には三日もかけて一本という週が続くこともある。困難はこれだけではない。私はいつも書き上げたばかりの原稿を必ず愚妻に読んでもらうことにしている。亡《な》き父が時折「一度でも駄作を書いたら俺の作家人生はそれで終《し》まいだ」と自らに言い聞かせるように言っていたのが強迫観念のように耳にこびりついていて、原稿をいきなり編集者に手渡す勇気がどうしても出てこないのだ。

ところがこの愚妻は、私の母を見習ったのか、夫への批判、非難、中傷、揶揄《やゆ》、軽蔑《けいべつ》の言葉を、いつも発射直前の状態に準備万端整えているのだからたまらない。

首をひねりつつ読み終わった女房の「ナニコレ」という血も涙もない一言で、この世から永遠に消滅した原稿はこれまでにいくつもある。

実は本書は、第一作よりさらに難産だった。三月一一日のためである。大震災後、他のすべての日本人と同様、惻隠《そくいん》の情に足先から頭のてっぺんまで漬かった私は、テレビで繰り返し映し出される津波の暴威を呆然《ぼうぜん》と見ては悲嘆にくれ、福島原発事故の一進一退に気をもみ胸を潰《つぶ》していた。原稿を書くという行為にはとうてい行きつかなかった。

先述のシステムにより運よく震災前に三本を提出してあったから助かったものの、危うく週刊誌に穴が開く所だった。大震災の後に初めて書いたのは本書第五章のトップにある「日本の底力」である。文尾に二〇一一年四月七日号とあるから、震災発生後三週間も経《た》ってから初めて筆を取ったことになる。やっとの思いで、自分を含めた国民を励ます積りで書いたものだ。

そして書き始めたら今度は頭がすっぽり大震災へ向かいっ放しになってしまい、四月七日号から五月二六日号までの何と七週間、連続して七本が大震災がらみとなった。震災後の三週間とそれに続く七週間の執筆状況は、武士道を唱道する私にとって、いささか気になることである。武士は泰然自若を旨《むね》とするからだ。理と情と剛毅《ごうき》を合わせ持った稀《まれ》に見る大人物と巷《ちまた》で囁《ささや》かれている（と思いたい）私も、千年に一度の破局的災害にはかくも動揺したということだ。だが、謙虚に反省し常に向上を忘れない私は、次の破局的災害（すなわち千年後）では絶対に動揺しない自信がある。

二〇一一年九月

著者

目次

はじめに　3

第一章　**人生は無常かつ無情**

サヨナラだけが人生だ　15　日本代表はなぜ勝てないのか　18

ワインと脳細胞　21　国のために戦うか　24

おんな船頭唄　27　顔のない日本　30　父を訪ねる旅　33

池に落ちた犬　36　サル山のボス争い　39

第二章　**お人好しが損をする**

大学の美観　45　変節　48　熊との遭遇　51

円高は悪なのか　54　作家と編集者　58

始末に困る人　61　脅され騙され　64　滲み出てきた陰影　68

歴史を知りたくなる　71　夢見る乙女　74

第三章　**近代日本の宿痾**

日本の宿痾　81　プロとアマ　85　後世に残る格言　89
狂騒の壺の中　92　科学技術立国の危機　95
ウィキリークス　99　慎み深い人　102　亡国の論　106
世界一の宣伝下手　110　さあ困った！　113

第四章　**人間の幸福は富ではない**

国民が育てる　119　ビリー・バンバン　123
命懸けで考えずして　127　みんなの好きなスローガン　130
雪を見ていると　133　声高の正義感　136
「絆」を取り戻せ　139　気を感知する力　142
カンニング対策　145　努力は必ず報われる　148

第五章　世界が感嘆する日本の底力


日本の底力　153　花見へ出よう　156　語りかける言葉の力　159
二次被害を防ぐ　163　風評の原因　166　内向きな視線　169
大敗北の殿《しんがり》　172　ユーモアは不謹慎ならず　175
会議は踊る　178　奈良光枝のこと　181　日本人の誇り　184
故郷の諏訪にて　187

解説　熊谷達也

管見妄語

# 始末に困る人

# 第一章　人生は無常かつ無情

## サヨナラだけが人生だ

我が家では今年、三人息子の長男と次男が海外へ留学しそうだ。うるさいとばかり思っていた息子達だが、いざいなくなると思うと淋《さび》しい気がする。私がアメリカへ留学した時に母が大分落ちこんでいた、と聞いていたが、やっとその気持が分ったような気がする。その頃、私の兄と妹はすでに結婚していて、出遅れた私と両親だけの三人家族となっていたから余計こたえたのだろう。

アメリカに行って一ヵ月ほどした頃、ほとんど毎週受け取っていた家からの手紙に、「お母さんは、あれほどお前と喧嘩《けんか》ばかりしていたのに、淋しがって毎日メソメソしています」と父が書いてきたのを思い出す。

私の方はと言えば、アメリカの研究者達に負けてたまるか、と日本の名誉を担《にな》ったような気分で数学に没頭していたから、両親を思い出すことなど手紙を読む時以外に一秒もなかった。好きだった女性のことを思い出すことはあったのだが。

長男と次男に続いて、一人残る大学院生の三男までが、通学に片道一時間二十分もかかり時間がもったいないから下宿したい、などと言い始めた。この事態には私より胆のすわった女房も「ずい分淋しくなっちゃうわねえ」などと時折嘆息をもらす。わが家はこれまでずっと家族一緒に住んできたから、余計にそう思うのだろう。

私が自分の例をひき、「親が子を思うほど子は親を思わないものだよ。お前がいくら淋しがったって、息子の方はお前のことなど露ほども思い出さず、向うで金髪娘と楽しくやっていたりするものだよ」と慰める。女房は「私の息子達はあなたみたいに薄情でも不潔でもないわよ」などと言いながらやはり浮かぬ顔である。結婚して三十一年になるが、二人だけで暮らしたのは父が急逝するまでの一年足らずだった。その後は沈みこんでしまった母を慰めるため一緒に暮らし、その半年後には長男が生まれたからだ。「新婚の頃に戻るだけじゃないか」と女房を元気づけたりもする。

これらの言葉は本当は自分に向けられている。実は、口には出さないものの、女房より私の方が淋しがっている。二十代後半の息子が留学するというのは、長めの修学旅行に行くのとは違う。何年後かに帰国しても、一人暮らしに慣れた以上、親と一緒に住みそうにはない。私もそうだった。たとえ住んでも間もなく結婚して出て行ってしまうだろう。互いに慰め合い励まし合い口論し合いふざけ合っていた、あの五人家族が永遠に消えてしまうということなのだ。

自然の摂理とは何と無情なものだろうか。「サヨナラだけが人生だ」という名言がある。この感覚は年齢とともに鋭くなる。いやになるほど鋭くなる。

（二〇一〇年六月二四日号）

## 日本代表はなぜ勝てないのか

サッカーのワールドカップが始まった。

中学高校と六年間サッカー部にいた私は当然ながらこれに興奮する。初戦のカメルーン戦に一対〇で勝利したことで日本中が沸き返ったが、この結果は単なる幸運で、試合内容は完全に負けていた。

ここ二十年ほど日本代表の戦いぶりを見てきたが、いつまでたっても治癒できぬ宿痾《しゅくあ》がある。一つは点を取る形ができないことだ。ヨーロッパや南米の一流チームを見れば明らかなように、組織的に点を取る形とは一つしかない。チャンスを予感するや何人もが前線に向かい殺到することである。敵が一気にゴール前に躍り出てくると、経験者なら誰でも知っていることだが守備陣は必ず浮き足立つものである。全力で走って来る者が一人いただけでも途端に慌《あわ》て出す。三、四人が猛然と突進して来たらほとんどパニック状態になる。そこにチャンスが生まれる。ペナルティーエリア内での反則も出やすい。

殺到すべき人々はトップ下のハーフ団だが、この人達の本来の仕事は守備でマークすべき相手やカバーすべき地域がそれぞれに割り当てられている。この仕事を、チャンスと見たら放棄して前に飛び出さねばならないのだ。

日本人は生真面目《きまじめ》でこの職場放棄ができない。敵に逆襲されたら責任を問われるからだ。チャンスに攻めこんで殊勲を立てたいという願望より、点を取られた責任を問われる恐怖の方が上回るのだ。すなわち、日本代表がいつまでも点が取れないのは、個人の手柄を狙《ねら》うより仲間に迷惑をかけかねない事態を極力さける、という精神によるものであろう。

もう一つの宿痾は、前半で日本がリードした試合の後半で、皆が守備に徹しリードを守り切ろうとすることだ。特に最後の二十分間などはほぼ全員がゴールポストから十メートル以内に入り懸命に守る。一対〇でリードしていたカメルーン戦でもそうだった。選手と監督ばかりでない。日本中が時間が早くたつのを祈る。カメルーン戦を家族と見ていた私だが、後半十分が過ぎた頃から、愚妻が「あと何分」を連発した。ゴール前を全員で固めるほど危険なことはない。守備陣の頭上を通る、足や頭を使ったシュートをいくらでも打てるからだ。案の定、カメルーン戦でも運に恵まれなければ少くとも二点はとられていた。時間をつぶしたいなら、パスをつなぎながらゆっくりゆっくり攻め上がることが一番なのに、必らずこの守備一辺倒に陥る。

このおかげで日本代表はここ二十年間に何度も苦杯をなめたのに相変らずだ。収穫した米の入った倉を懸命に守っているようだ。他国チームは、「攻撃こそ最大の防御」とばかりに攻めの手をゆるめない。この思想は互いに戦争ばかりを繰り返してきた大陸諸国のものである。すなわち日本代表が守備一辺倒となり逆転されるのは、まじめに農業にいそしみ、互いを信頼しあい平和に生きてきた民族ゆえであろう。

（二〇一〇年七月一日号）

## ワインと脳細胞

酒を一回飲むと脳細胞が十万個も破壊されると学生の頃に聞いた。数学者になろうと小学生の頃から決めていた私は、酒だけは一生飲むまいと決心した。脳味噌《のうみそ》だけが頼りの数学者にとって一個でも脳細胞に死なれたら困るからだ。大学助手として数学者の卵となった頃、餃子《ギョーザ》を一緒に食べていた先輩が、旨《うま》そうにビールを飲みながら「君、酒を飲まないようじゃ人生の半分は分らないよ」と水ばかり飲む私をやや憐《あわ》れむように言った。この言葉は私の心にずっと引っかかっていた。数学を犠牲にするか人生を犠牲にするか、というように私には聞こえたのだった。若かった私は人生より数学を優先した。

四十代半ばにイギリスのケンブリッジ大学に行った。コレッジでの初めてのディナーで教授達のほとんどはワインを旨そうに飲んでいた。フィールズ賞を取った友人の数学者も目の前で飲んでいた。私が「脳細胞が死ぬと聞いたが」と彼に言うと、「一日に十万死んでも大したことはない。五十年間毎日飲み続けても二十億にしかならないよ。人間の脳細胞は二百億もあるからたった十分の一さ。それに人間は一生のうちに脳細胞の十分の一くらいしか使わないそうだからね」と言った。そして、「ワインを夕食時に飲まないのはアメリカ人と犬だけだ」と付け加えてニヤッとした。

ついに私はグラス半分のワインを毎日飲むことにした。ところが帰国後まもなく我が家を訪れたノーベル物理学賞受賞者は、ワインを一滴も飲まなかった。「死んだその一個の細胞が二個目のノーベル賞につながるひらめきを生む細胞かも知れないからね」と言った。バランス感覚の人である私は、フィールズ賞とノーベル賞の中間をとり、その日からワイングラス四分の一にした。

五十歳の頃ある雑誌で、少なくとも循環器系には一滴も飲まないより少量飲んだ方がよい、とあった。数学上の大発見を狙《ねら》う年齢でもなくなったから早速、グラス半分に戻した。それから十数年、ほぼ毎日、グラス半分のワインを飲んできた。最近ある医者から、酒を飲んですぐに赤くなる人にとって、酒は発癌《はつがん》リスクを高める可能性があると聞いた。またもや柔軟なバランス感覚を発揮し、ワインをグラス三分の一に減らした。これだと一本を空けるのに十日間もかかる。せめて高級ワインをと思うのだが、「あなたには大衆ワインがふさわしい」という女房の鶴《つる》の一声で、普段は一本二千円ほど、来客時だけは五千円ほどのワインを飲む。我が家には誰かに頂いた一本一万円以上はする高級ワインが十本以上もあるのだが、これはおめでたい日のためとかで飲ませてもらえない。実は十万円以上もする最高級ワインも一本あるのだが、これはやんごとなき御方の見えた日のためと奥にしまわれている。なぜか我が家にはおめでたいことは起きず、やんごとなき御方も絶対にいらっしゃらない。頂いてから日が大分たったと思い先日そのワインを調べたら、飲み頃は二〇〇五年頃とあった。バランス感覚を欠く原理主義者の女房のせいだ。恐らくこれら高級、最高級ワインは私の葬式の日まで開けられないのだろう。

（二〇一〇年七月八日号）

## 国のために戦うか

世界数十ヵ国の研究グループが参加して五年毎に行う「世界価値観調査」というものがある。各国十八歳以上の男女千名ほどを対象とした意識調査である。この中に、「もし戦争が起こったら国のために戦うか」という問がある。二〇〇〇年と二〇〇五年の結果を見ると、「戦う」と答えた者の割合は日本が約十五%でどちらでも最下位である。すぐ上はドイツの三十%ほどだから、日本は図抜けて低いことになる。高い方ではトップがベトナムの九十四%、二位が中国の九十%となる。

日本とドイツが低いのは、第二次大戦で多大の犠牲者を出し戦争はもうコリゴリと思っているから、と考えるのは早計と思う。前大戦での日本の犠牲者は日中戦争も含め約三百十万で人口の四・五%、ドイツは約八百万で十二%と確かに多い。しかし人口比で十六%という最大の犠牲者を出したポーランド、二千四百万(十四%)

という最大犠牲者数のソ連（ロシア）では、「戦う」と答えた人がそれぞれ七十二%、六十四%と高いからだ。

そもそも第一次大戦でドイツは七百万近い死傷者を出し、国土を破壊され、膨大な賠償金を負わされたにもかかわらず、そのたった二十年後には世界覇権を求めて新たな軍事行動を起こした。戦争はコリゴリなどとは爪先《つまさき》ほども思わなかったのである。

一方、「戦う」のトップであるベトナムは五百万の死者を出したベトナム戦争が終って調査時にまだ二十五年しか経《た》っていない。第二位の中国だって日中戦争での犠牲者数は数百万、その後の文化大革命では数千万と言われる。「戦う」か「戦わない」かはどれほどの犠牲者を出したか、戦争がどれほど悲惨だったかにはほとんど無関係のようである。

自国が攻められた場合に戦う、というのはごく自然で当然の行動である。自分の家に賊が侵入し、老父母や子供達に手をかけようとしたら、どんな平和主義者でも戦おうとするからだ。「戦わない」とする日本とドイツの現象は、実に不思議な、そして歴史的にも稀有《けう》のものである。何らかの力が戦後数十年を経た今も両敗戦国に強く働いているということだ。

それまでに行なわれたいかなる戦争とも異なり、両敗戦国がいつまでも戦争への罪悪感に打ちひしがれうなだれているように、またその国民が自らの祖国を守るに足る国と思うことがないよう、勝者である連合国により、巧妙な仕掛けが組み込まれたということだ。

（二〇一〇年七月一五日号）

# おんな船頭唄《うた》

小学校六年生の頃、「おんな船頭唄」という曲が流行《はや》った。三橋美智也《みちや》のこの世のものとは思われぬ美声が日本中のラジオに流れた。信州山奥の田舎でも、お盆には火の見櫓《やぐら》の拡声器から村中に流れた。私の祖父母の家は火の見櫓の真下だったが、拡声器から流れる曲が屋根で濾過《ろか》され降ってくるように、ちょうどい塩梅《あんばい》に聞こえた。「嬉《うれ》しがらせて　泣かせて消えた　にくいあの夜の　旅の風　思い出すさえざんざら真菰《まこも》　鳴るなうつろな　この胸に」という藤間哲郎による歌詞だったが、私達は意味も分らず唄っていた。「ざんざら」が「ざわざわ音がする」の意で、「真菰」が水辺に生える葦《あし》に似た植物、と知ったのはずっと後年であった。私がとりわけ好きだったのは三番だった。「利根で生まれて　十三七つ　月よわたしも　同じ年　かわいそうなは　みなし子同士　きょうもおまえと　つなぐ舟」。月よわたしも同じ年、というのが二十歳を意味するということもその時は気付かなかったが、二十を十三と七という素数の和に分解しているのが面白かった。一番心に響いたのは、「かわいそうなは　みなし子同士」の文句だった。みなし子同士とは月と私のはずだが、私はなぜか二十歳の男女が出会い恋に落ち、みなし子同士の二人は愛し合いながらも結ばれず別れる、と長い間思っていた。三橋美智也の声がなにしろ哀愁をおびていて、みなし子同士という所では涙が出るほどだった。みなし子でもなく恋をしたこともなかった私がどうしてあれほど感動したのか不思議である。

高校の頃、同じクラスに好意を抱いていた女子がいた。勉強ばかりしている小太りの子だったが、私の持ち合わせない陰影と気品があった。戦争で父親を失っていた。羞《は》じらいの人である私は、気持を打ち明けるどころか一言も話しかけられなかった。ある昼休み、教室の後方でサッカー部の仲間と雑談をしていた私が、「どうせ嬉しがらせて泣かせて消えることになるよ」と言った時だった。地味な紺の上下を着て五メートルほど前方で勉強していた彼女が、向うを向いたまま突然、口を右手で抑えて前屈《まえかが》みになった。小刻みな肩の揺れから笑い始めたのだと知った。声を押し殺しているせいか、いつまでも止まらないようだった。想像力に富んだ私は、彼女が私達の雑談に耳を傾けていたのは、秘《ひそ》かに私に好意を抱いていたからだ。あんな船頭唄をすぐに連想したのは、その歌が好きということ、すなわち私と同じ感性ということ、すなわち私に淡い恋心を持っているのだ。私達はともにみなし子同士で、手を取り合い愛し合い生きて行く運命なのだ。瞬間にこう思った私は真っ赤になってしまった。仲間に「どうしたんだよお前」と聞かれたが、口もきけなかった。彼女とはそれっきりだった。あれから半世紀、私は今も例外的に若く潑剌《はつらつ》としているが、彼女のあの憂《うれ》いを秘めた黒い瞳《ひとみ》は輝きを失っているのだろうか。私とのみなし子同士の愛もすっかり忘れ、孫と幸せにしているのだろうか。人生は無常かつ無情なのだ。

（二〇一〇年七月二二日号）

## 顔のない日本

日本のトップは実によく代わる。平成になってからすでに十六人になる。これほどよく代わる国は先進国ではめったにない。

大統領制の国々ではトップが余り代わらない。同期間にアメリカでは、父ブッシュ、クリントン、子ブッシュ、オバマの四人、ロシアではエリツィン、プーチン、メドベージェフの三人だけ、韓国でも五人、フランスでは三人である。国民から直接選ばれた大統領は権限が大きく国会に対する発言力も大きいから、政権を任期まで維持するのが普通である。トップがこう頻繁に代わっては外交上も不利で、国益を損ねることも多い。北方領土が戻らないのも、拉致《らち》問題が解決しないのもこれに無関係ではない。そもそもG８やG20に出席する日本の首相がいつも新顔というのでは、他国代表から見くびられ、どうせすぐ代わるからとまともな相手として扱われないだろう。

これではいけない、日本でも大統領制を、という短絡的な声があるが、天皇制の我が国にはなじまない。それに日本国民は度を外して移り気である。選挙前に六十二％あった菅《かん》内閣支持率が、選挙後一ヵ月には三十四％である。前の四人の首相、すなわち安倍《あべ》、福田、麻生、鳩山《はとやま》氏たちも政権発足時には高い支持率を誇ったが、たった一年ほどで惨憺《さんたん》たる支持率となり退陣した。このような国民が、絶大な権力を持つ四年任期の大統領を選ぶことに、一抹の不安を抱くのは私だけではないだろう。

実は大統領制でなく日本と同じ議院内閣制をとるイギリスでは、トップはそう代わらない。同期間における首相は五人だけだ。ドイツなどは、コール、シュレーダー、メルケルの三人だけである。日本の首相がくるくる代わるのは何か特別の理由があるということだ。一つは自民党総裁の任期が長い間二年であったこと、すなわち自民党が首相の派閥持ち回り制度をとっていたことだ。ただ、総裁任期が三年となり派閥もほぼ解消したこの四年間にも首相が五人代わったから、別の理由もあるはずだ。

実は小泉首相以来、首相はその時の国民的人気で決まっている。人気により就任し人気が落ちると退陣する、という構図になっている。これは政治が国民の顔色一つで決まる、というポピュリズムに陥ったということだ。だからバラマキなどということになる。ポピュリズムは民主主義の最悪バージョンだ。マスコミがポピュリズム増幅器となっている。一般国民とは比較にならないような教養とそれに根差した圧倒的な歴史観、世界観、人間観を有する政治家が、長期的視野の下、右顧左眄《うこさべん》せず毅然《きぜん》として国民をリードすることが理想だ。そんな政治家は日本に今いない。首相となる人はなぜか皆自分が偉いと勘違いするようだが、最も大切なことは自分が国家を導くだけの器量でないことを深く自覚することだ。その上で、むやみに官僚を斥《しりぞ》けたりせずその知識を利用し、また常時身近に強力なブレーンをおき大所高所からの意見を聴くことだ。それにより在任期間がのび日本の顔ができる。

（二〇一〇年七月二九日号）

## 父を訪ねる旅

長く日本に住み亡《な》き妻おヨネの墓を守りつつ徳島に没したポルトガル人作家モラエス、を作品にしようと父は一九七九年、取材のためポルトガルを訪れた。父が業半ばにして急逝した翌年、私は父を追うようにポルトガルを訪れ、父と同じルートをレンタカーでたどり、同じホテルに泊まり、同じ料理を食べ、同じ酒に酔うという旅をした。そうすることで、あっけなく眼前から消えてしまった父にもう一度会えるような気がしたのである。父は「僕の宝物」と呼んだ小型の取材ノートをたくさん残したが、ポルトガル取材でも九冊を残していたからこんな旅が可能となった。

その十五年後の一九九六年、私は再びポルトガルを訪れ、前回と同じように父の通った道をたどった。途中、再びブサコ・パレスホテルに泊まった。ブサコの森と呼ばれる原生林の中にあり、王様の離宮をホテルとしただけあって、アズレジョと呼ばれる青と白のタイルをふんだんに使った内壁や、精巧な彫刻のほどこされた柱や外壁が見事である。

フロントに立っていた支配人のアギアール氏に父のことを話してみたくなった。「日本人作家である父は十七年前にここに泊まり、人生最後の誕生日をここで迎えました。父の亡くなった翌年、私は父の泊まったこのホテルに滞在しました。それから十五年たち今日、再びここに来ました。もしかして、父がここに泊まったのを覚えていらっしゃいますか」。彼はしばらく私を凝視してから思い出すように言った。「あーあ、覚えていますとも。よく似ていらっしゃる。お父様の方がもう少し背が低く、太っていらっしゃいました」。父との距離が急激に接近し、声を出せないでいる私には構わず、彼は「正確な日付けが分かりますか」と続けた。「一九七九年六月六日です」と絞り出すように言うと、彼は奥から古い巨大な宿帳を抱えて来た。「五十五号室に泊まられました。日本人作家は珍しいし、お連れの方々と誕生日を祝っておられたのでよく覚えています。食堂の席まで目に浮かびます」と言い、食堂の父が坐《すわ》った席まで案内してくれた。翌日チェックアウトする私に彼は、「お父様の飲まれたワインです。一九六六年のブサコワインで今はレストランで出しておりませんが、記念にあなたに差し上げましょう」と一本をくれた。
先日、それ以来十四年ぶりにポルトガルを訪れた。三度目である。ブサコ・パレスホテルを訪れた。昔とどこも変っていなかった。アギアール氏は引退していたが、フロントで彼のことを話したら、わざわざホテルまで会いに来てくれることになった。七十歳ほどになった白髪の彼は無論私を覚えていて懐《なつか》しそうだった。父と私が合計四度も遠い日本から訪ねて来てくれたことがうれしく、彼に会いたいと言ったことがさらにうれしかったようだ。別れ際《ぎわ》に私が「十年後にまたここで会いましょう」と言ったら、目をみるみる潤《うる》ませて私の手を固く握った。

（二〇一〇年八月五日号）

## 池に落ちた犬

どこからどう見ても善良な人物にしか見えない琴光喜《ことみつき》が、野球賭博《とばく》には《ヽ》ま《ヽ》っ《ヽ》たということで相撲界から追放された。賭事《かけごと》はいけないことになっているが、この世に一度もやったことのない人はまずいまい。じゃんけんだって、金ではないにせよ物や権利を賭けた賭事だ。私などは中学生の頃、日本シリーズの巨人西鉄戦の結果を友人と賭けた思い出がある。巨人三連勝で「よし」と思っていたら稲尾の大活躍でみるみる四連敗し、一杯三十五円の中華そばをおごらされた。立派な野球賭博だ。その後も友人と、麻雀《マージャン》やゴルフで昼飯などを賭けたことがある。誰も似たようなものだろう。琴光喜と私の違いは、胴元が暴力団かそうでなかったかだけだろう。琴光喜だって当初は胴元が暴力団とは知らなかったのではないか。琴光喜ばかりか、出場停止などの処分を受けた他の力士達も大いにマスコミに叩《たた》かれた。相撲界しか知らず大がかりな賭博が広域暴力団がらみという常識を持たなかった若い力士達が、射幸心からうっかり手を出しただけと私には思えるが、重罪人のように扱われた。

いずれにせよ、暴力団が悪いのならそちらを一網打尽にするのが本筋だし、その非合法活動を野放しにしておいた警察や、批判を加えてこなかったマスコミにも責任はある。

今回はテレビショーや新聞が叩いた他、NHKは実況中継を止《や》めてみせた。日本相撲協会は優勝者に天皇賜杯《しはい》を出さなかった。煽《あお》られた大衆の怒りが自分達に向けられるのを懸念《けねん》したのであろう。しかし私の見る所、大衆は無能な相撲協会に対してはともかく、力士達にはさほど怒っていなかったようだ。私をはじめとする大衆は、賭事が悪いと言われても、パチンコ、競馬、競輪、競艇、宝くじ等がよくて他の賭事が悪い理由がぴんとこないからである。むしろ全勝優勝の白鵬《はくほう》が表彰式で、台上にいつもの天皇賜杯がないのを見て思わず涙したことの方に心を動かされたと思う。白鵬はもう日本人なのだとさえ思ったのではないか。

何かにつまずいた人を叩くのがマスコミは好きだ。中国には「池に落ちた犬は打て」という諺《ことわざ》があるらしいが、マスコミは中国的になったようだ。ライブドアの堀江氏や村上ファンドの村上氏なども、マスコミは一時期、新しい時代の旗手のごとく持ち上げていたのに、ちょっとした法律違反でしくじってからは徹底的に叩いた。両氏を許せないのは些細《ささい》な法律違反ではなく、それ以前にやっていた法律スレスレの下品な錬金術の方だ。

元財務相の中川昭一氏は稀《まれ》に見る立派な政治家だったが、酔っ払い会見というヘマをするや、テレビ各社はその醜態をこれでもかと流し続け、憫笑《びんしょう》し続け、ついに潰《つぶ》したのである。マスコミは成功者がいったんつまずくと、正義をふりかざし大衆を煽る。成功者に対する大衆の嫉妬《しっと》の火に油を注ぎつつ攻めまくる。リンチだ。正義とはいやなものだ。

（二〇一〇年八月一二・一九日号）

## サル山のボス争い

近頃のテレビはサル山のボス争いならぬ、国会のボス争いに夢中のようだ。従来は権力を握る自民党が、派閥間の主導権争い、総裁下ろし、挙句の果ての離党、除名、新党結成などボス争いの本場だったが、民主党が権力を握ったとたんに同じことを始めた。現在は小沢派による菅下ろしが真盛りである。代表を決める九月の党大会までボス争いは熾烈《しれつ》だろう。最近は社民党でも党首下ろしが始まった。テレビはこれらを詳細に報道する。コメンテイターとか評論家と呼ばれる人々がそれを分析してみせる。各局とも同じことをするのは視聴率がとれるからだろう。国民は半ば呆《あき》れながらも楽しんでいるのだ。

先日イギリスから戻ったが、向うのテレビは違っていた。我が国のような内向きのニュースばかりでなく国際的な話題が多かった。無論イギリスには特殊事情がある。EUの一員として常にヨーロッパ全体に目を配る必要があるし、かつて七つの海を支配した国として旧植民地などへの関心も高い。

それにしても彼我の差は大きい。イギリスはアメリカとヨーロッパ大陸との間に立ち、どちらとも「付かず離れず」、政治経済外交軍事と巧くバランスをとってきた。我が国もアメリカとアジア大陸との間に立ち、巧くやらねばならないのは自明だ。それに我が国はODA等で巨額の援助を多くの国に与えているから、それが各国でどう使われどう思われているかなど、伝えてもよいことはいくらもあるはずだ。なのにニュースのほとんどは内向きなのだ。

各党とも愚にもつかないボス争いに明け暮れているからこそ、国のトップが簡単に引きずり下ろされ、ここ四年で五人もの首相が次々に登場し、国際社会への発言力を失う破目になる。トップが次々に代れば大臣も次々に代るから自分にもチャンスがめぐって来そうと、議員達は益々《ますます》勢力争いに目の色を変える。これでは勉強する時間も考える時間もないから、いつまでたっても素人《しろうと》の域を出ない。その間に消費者物価は十六ヵ月連続で下落した。ここ十年余り続いたデフレ不況がさらに悪化しているということだ。だから失業率は一向に下がらないし、働く貧困層は増え、一部大企業を除いて中小企業も地方も苦しいままだ。日米関係が傷つけられたすきに、中国海軍が沖縄近海に我が物顔に出没するようになった。台湾併合へ向けての東シナ海における制海権確保が狙《ねら》いだろう。

ナチスドイツによるズデーテン地方割譲やオーストリア併合にチェンバレン英首相などが甘く対応したのが第二次大戦を誘発した。今こそ日米同盟を強化し中国を厳しく牽制《けんせい》しなければいけないのに、普天間問題一つ解決できない。北方領土や拉《ら》致《ち》問題は一切進展せず、国の将来を担《にな》う小中高大の生徒の学力も低下したままだ。国民の生活にも、国家の安全にも、文化や学問の発展にも全く無関係なサル山もどきのボス争いが何年でも続く。国民はこれを楽しんでいてはいけない。付ける薬のない政治家達に激怒しなければいけないのだ。

（二〇一〇年八月二六日号）

# 第二章　お人好《ひとよ》しが損をする

## 大学の美観

先日、卒業以来初めて東大構内を散策した。

一九六〇年代にはそこかしこにあった空間が消え、そこにモダンな建物が立っていた。木々や芝生の緑はめっきり少なくなり、高くなった建物のせいで空が小さくなっていた。当時、工学部以外の建物はほぼ赤レンガ系で統一されていたように記憶するが、今はあちこちに多種多様な建物がてんでにその存在を主張していた。赤門から正門にかけてのお気に入りの通路には、道に沿って高さ数メートルのコンクリート壁が数十メートルにわたり屏風《びょうぶ》のように立ち、その向うにやはりコンクリート打ちっ放しの喫茶室とかグッズ販売店などができていた。これだけ建造物が増えたから学生や教官にとって大いに便利かつ快適になったのだろうが、美観は明らかに損われた。

東大ばかりではない。お茶の水女子大も私の奉職した三十年余りの間に同様の変化をとげた。東大やお茶の水はまだいい方で、私立大学にはビルばかりで緑のほとんどない所がいくらもある。どの大学でも予算案を作る際、教官や学生にとって必要度や緊急度の高いものを優先する。実験施設、福利施設、教室、研究機器といったものに比べ、美観などは必要度を説明するのが難しく緊急度の方はさらに難しいから後回しにされる。かくして大学の美観は損われる。

東大を訪れる二週間ほど前に、これまた懐《なつ》かしのケンブリッジ大学を訪れた。こちらは相変らずの美しさだった。大学に所属するほとんどのコレッジには、数百年も前に建てられた建物や広大な芝生がある。古臭くて使い勝手の悪いこれら建物を、より快適かつ便利な近代ビルに建てなおそうとしたり、だだっ広い芝生の一部を利用し何らかの施設を建てようなどと考える者は皆無である。またケンブリッジ市には市の中心近くの一等地にパーカーズピースと呼ばれる三万坪の緑地がある。ここを有効利用しようなどという発想はありえない。古いものを大事に使い、伝統を頑《かたくな》なまでに守り、美しい緑を保つというのはイギリスの国是といってよいほどのものなのだ。イギリスのほとんど唯一《ゆいいつ》の偉大さである。イギリスの大学が美しいから、それを真似《まね》たアメリカの大学も概して美しい。この点で日本、ドイツ、フランスの大学はかつては美しかったはずなのに今はかなり見劣りする。

美しいキャンパスは学問研究に極めてよい影響を与える。ここ十年ほど、日本人のノーベル賞受賞者が多いが、皆キャンパスに緑があふれていた頃の卒業生だ。戦後、米英がノーベル賞獲得数で日独仏を圧倒してきたことと美しいキャンパスとが無関係とは言いがたい。長期の精神集中を強いられる研究者は、深い思索やストレス緩和のため美しい緑をとりわけ欲し、そういう環境のある大学に集まるからだ。そして何より学問一般にとってもっとも重要な要素は美的感受性だからだ。日本の大学が醜くなりつつあることは、我が国の今後の学問発展に立ちこめる暗雲と言えるだろう。

（二〇一〇年九月二日号）

## 変節

鳩山前首相は普天間《ふてんま》基地問題にさんざん迷走した挙句、こう言った。「首相になる前は海兵隊が抑止力として沖縄に存在しなければならないとは思っていなかった。学べば学ぶほど、海兵隊の各部隊が連携し抑止力を維持していることが分った」。国民はこの発言に驚き、落胆した。そして次には「首相になる前は首相がこんなに責任の重い仕事とは思っていなかった」などと言い出すのではないかと心配した。私は、何と素直な人なのだろうと感心した。自らの過《あやま》ちを認め公表することは、誰にでもできることではないからだ。

先日の衆議院予算委員会で自民党の平沢勝栄《かつえい》議員は、八年前のラジオ放送において菅首相は君が代を歌いたくないと言い斉唱時に起立したものの歌わなかったそうだが、と質問した。菅首相は「そんなのは嘘《うそ》だ」といきり立ったらしい。平沢氏は証言を得たうえで言っているのだし、またあって不思議な話ではないから恐らく本当なのだろう。鳩山氏のように素直になればよかったのだ。「首相になる前は君が代が大嫌いでした。首相になって学べば学ぶほどよい歌だと分りました」でよかった。

それに人間の思想が変遷《へんせん》するのは当然であるからだ。一九六〇年代の初め、私が都立西高の生徒であった頃、私自身を含めクラスの九割は左翼的だった。貧困が広く日本に存在していたあの頃、少しでも知性と正義感を持った若者が左翼的になるのは当然だったと今も思う。あのクラスの同級生で今なお左翼的な人は一割未満だろう。時代が変わったのだからこれも当然なのだ。変遷しない方がおかしい。

特に政治家の場合、野党にいて政府の批判ばかりしていればよかった時と、政権与党にいて政治の全責任を負う時とでは、見える風景がまったく違うはずだ。状況の変化に対応することも政治家の一つの責任だ。鳩山氏と菅氏の変節は呆気《あっけ》にとられるが仕方ない。一方、小沢一郎氏はことあるごとに「マニフェストは国民との約束だからどんなことがあっても実行すべきだ」を繰り返すがこの方が余程危険だ。野党時代に作ったマニフェストを何が何でも守ろうとするのは頑愚にすぎない。そもそも国民が民主党に投票したのはマニフェストを支持したからではない。自民党のていたらくに愛想をつかしただけのことだ。

私は政治家でないからめったに変節しない。この点については自信がある。ここ二十年以上もの間、同じことばかり言っている。その代り女房には「ワンパターン」と馬鹿《ばか》にされる。息子達には「お父さんの講演は僕達にも代役ができるよ」と揶揄《やゆ》される。

（二〇一〇年九月九日号）

## 熊《くま》との遭遇

東京の暑さを避けて、例年通り家族と故郷信州の山荘で一ヵ月余り暮らしている。標高千三百メートルの山中で特にすることもないから、読書をしたり執筆したりということになる。これだけでは運動不足となり腹が出て、待望の愛人や妾《めかけ》も遠のくばかりだから、心して運動に励む。テニスやゴルフもするが毎日という訳にはいかない。そこで一日に三度、毎食後に平均して二十分間ほど散歩をすることにしている。散歩といっても山道だからかなりの運動量となる。

ところが八月の下旬に入った頃、この近辺に熊が出没したとの情報が掲示された。熊の活動が活発になる明け方と夕暮れ時の外出には気をつけること、運悪く熊に出会った時は、大声を出したり走り出したり死んだフリをせず、立止まって熊が立去るのを見送るか、ゆっくり後ずさりして立去ること、などと書かれてあった。こんなお触れが貼《は》り出されたことはこれまでに一度もなかった。

信州にいるツキノワグマは北海道のヒグマほど獰猛《どうもう》でないにしろ、襲われたら大変だ。生命は奪われなくとも顔をひっかかれれば、向上著しいと言われる私のルックスに傷がつく。それまで朝の散歩は家族の起きる前の六時半頃までに終えていたが、時間を遅らせ愚妻と七時半頃に一緒に出かけることにした。夕食後の散歩は山荘にいる家族全員で出るが、熊情報の後は大事をとって、熊の本場の知床半島で買った熊除《よ》け鈴を持って出ることにしている。夜の静まり返った林に響く「チリンコロン」の音が嫌いな息子達は、私を臆病《おくびょう》よばわりするが、それは私に対するいつもの誤解である。

三年ほど前だったが、私が愚妻、次男、ガイドの総勢四人で八ヶ岳に登った時、標高千六百メートルほどの所だったか、先頭を歩いていた私の十五メートルほど前を、いきなり熊が走って横切った。体重百キロもありそうな熊は我々に驚いたのか、一目散にそのまま急坂の林を駆け登り見えなくなった。熊と同程度に驚いた私は、思わず慌《あわ》てて冷静に後ずさりした。

これを愚妻が「妻子をおいて慌てふためいて逃げ出した、男の風上にも置けぬ腰抜け」と、会う人ごと、電話先の人ごと、メールや手紙を送る人ごとに、外国の友人達にまで面白おかしく誇張吹聴喧伝《ふいちょうけんでん》したのである。周章狼狽《ろうばい》顔面蒼白《そうはく》へっぴり腰とかの尾鰭《おひれ》までつけた。真相は、沈着冷静理路整然定石通りに私が後ずさりしただけ、というか激しく後ずさりしただけなのだ。そして反射神経かつ運動神経の鈍い愚妻と次男が私に抜かれただけなのだ。愚妻が熊に食べられたら晴れて再婚しよう、などとは考えもしなかったのだ。

それに臆病というなら、私より先に逃げ出した熊の方だ。勇気の人だからこそ私は熊を撃退した後、ガイドを先頭に、一行の殿《しんがり》を登山用の二本の杖《つえ》をカチャッカチャッとひっきりなしにぶつけ鳴らしながら、堂々と登山を続けたのだ。そして頂上を極めてから、またカチャッカチャッとともに無事家族を麓《ふもと》の村まで生還させた。戸主としての責任を果たしたのだ。

（二〇一〇年九月一六日号）

## 円高は悪なのか

円高ということで政府、財界、マスコミは大騒ぎだ。今にも大不況が来そうなことを言っている。これが私にはよく分らない。円高による長期の不況を一度も経験したことがないからだ。

円高下の好況なら覚えている。原油価格が一気に四倍となる一九七三年の石油ショックから立ち直った日本経済は、七七年から三年間で、一ドル二百九十円から百九十円への円高となったが、その間平均約五%の成長をした。一九八五年のプラザ合意の後、円が一ドル二百五十円から百二十円へと円高が進む中、八七年から九〇年にかけて平均約六%の成長をとげている。

急激な円高があると輸出産業はしばらくの間一定の打撃を受けるが、日本車のごとく高くても買わざるを得ないような優れた商品を産み出すことで、その都度危機を切り抜けてきたのである。研究開発に励みこのように優れた商品を作れば、円高により原料を安く輸入できるのだから儲《もう》けはかつてより大きくなるという具合である。円高は我が国製造業にとって結果的には神風であったとさえ言える。

輸出に無関係な職業についている人々、すなわち国民の八割にとっては、ありとあらゆる輸入品が安くなるから生活は豊かになる。なのに、輸出型大企業は下請けに皺寄《しわよ》せするための地ならしなのか、法人税減税を狙《ねら》ってのことか、円高のたびに「危機」と騒ぐから株が一斉に下がってしまう。これが一番の被害であろう。

しかしこれだって円高下での株安である。日本円で安くなっていても国際的にはドル換算だから、日本株はさほど下がっていないのだ。自国通貨が下がり株安にもみまわれている諸外国とはまったく違う。彼等は国富を急激に失っているのだ。

経済を考えるうえで大切なことは、世界中のどの国も敵ということだ。すべての国々は、友愛を旨《むね》とする日本を除いて、自国の富を増やすことに全力を傾けている。命をかけていると言って過言でない。この意味で円高により我が国の国富が相対的に上がっているということはありがたいことだ。

また、円高になるということは、「日本の財政は破綻《はたん》寸前」という外国発のフレーズが、日本政府による強力な財政出動を牽制《けんせい》するための情報操作に過ぎないという証拠でもある。破綻寸前にある国の通貨を、金に命をかけている連中が買うはずがないからだ。ドル、ユーロ、元などに比べはるかに信頼度が高いから、円の独歩高となるのである。

ゆるやかな円高は、我が国にとって理想的な状態と言って過言でない。原料や資源がないという我が国最大の弱点をカバーしてくれる。技術開発への強い動機をもたらしてくれる。輸出だけに頼らなくてもよいよう内需型産業を育成するチャンスを与えてくれる。海外の高技術企業や資源企業の買収を容易にしてくれる。輸入品や海外旅行を手軽に楽しませてくれる。そしてそれは、十年以上もの間、超低金利により預金を目減りさせてきた庶民へのささやかな償いでもある。急激な円高は確かに困る。これに対しては、為替介入は日本の評判を落とすうえ、ほとんど一時的な効果しかない。円を売ってドルを買うわけだが、そのままドル紙幣を持っていても仕方ないから米国債を買うことになる。売れない米国債を大量に抱えることはアメリカを喜ばすだけで我が国益を損ねる。むしろ円高を利用して高技術のある海外優良企業や油田や鉱床を買収することの方が国益にかなう円高対策となる。現在のようにデフレ不況下ではとっておきの非常手段もある。アメリカやヨーロッパではなされていることだが、日銀が輪転機をフル回転し、刷った数十兆円の紙幣で市中から国債を買い上げるのだ。紙幣をばらまくことになる。インフレ率が一％程度になるよう調整すればよい。デフレは治まるし円安にも傾く。それにデフレ対策は内政問題だからどの国も文句をつけられない。日銀はこれを伝家の宝刀とすればよい。

政府は円高に狼狽《ろうばい》するより十年来の不況克服のため、全国都市の電線、ガス、上下水道を共同埋設したり、地方の老朽化した学校や病院を建て直すなど、波及効果の高い公共事業などへの大々的な財政出動に乗り出すべきなのだ。デフレ不況を克服すれば税収は増え財政再建も可能となる。

（二〇一〇年九月二三日号）

## 作家と編集者

作家と編集者との距離がどんどん遠くなっている。父は三十年前に亡《な》くなったが、各出版社の担当編集者との距離が実に近かった。多くは若手だったが、月に一度は一緒に飲み、時には一緒に取材旅行に出かけ、また一緒に登山した。

他の作家も似たようなものだったのだろう。文壇バーというものに一度父に連れられて行ったら、井上靖《いのうえやすし》、松本清張、吉行淳之介《よしゆきじゅんのすけ》、星新一氏などがいた。

長篇小説を書き始める前には、編集者が神田神保町の古本屋街へ行き、関連資料を集めてくれたりした。書き始めてからも、父がこれこれを調べてくれと電話すると、あらゆる方法で調査をし報告してくれた。書き終った原稿は編集者に真先に読んでもらった。「ここで読んですぐに意見を聞かせてくれ」という父の無理難題をいやがらず、我が家の応接間のソファで、出来上がったばかりの原稿を何時間もかけて読んでいる編集者達の姿を懐《なつか》しく思い出す。編集者達は自らの読む力をテストされているように感じ、緊張しながら懸命に読んで批評を述べた。父はこういった編集者の意見に耳を傾けるばかりでなく、ほとんどその意見に従って改良を加えたのであった。彼等を信頼し、何人かの仲人《なこうど》まで引受けた。父は終生、「僕は編集者に育てられた」と広言し感謝していた。

そんな編集者達も今は還暦をこえる年齢となったが、毎年父の命日には皆で集まり父を偲《しの》び懐旧談に花を咲かせる。

こんな関係が私にはうらやましい。父がそのような関係を築き私が築けないのは、実力の差なのか、それとも人格の差なのかと考えてしまうこともある。長篇を準備していても誰も資料集めなどしてくれないし、取材について来てくれることもない。「これこれを調べてくれ」とはインターネットのある現在、言い出しにくい。

文明の利器は人間活動の効率を著しく向上させた。出版社で言えば、出版点数が飛躍的に増大し、出版社間の競争が激化した。それに応じて編集者は多忙となり、分業化された仕事をこなすだけで精一杯となった。産業革命で職人が工場労働者に代わったのと似ている。また成果主義の時代となり、編集者は作家と二人三脚でじつくりと質の高い作品を完成させるより、数字に表れる実績、すなわちよく売れる本を作り自らの評価を上げることに心が傾き始めた。客観的評価とやらで、数値化されたものが重視されるからだ。

何もかも文明の利器のせいである。私や編集者の実力や人格が低い訳ではない。私が山荘やホテルにこもり執筆している時に、魅力的な女性編集者が苦労して集めた資料を持って来て、長年聞いたことのないやさしい言葉でも投げかけてくれでもしたら、有島武郎《たけお》と波多野秋子のごとき恋もありえるのだ。

電話とファックスとメールとインターネットが作家と編集者の間柄を疎遠《そえん》にした。その結果、文壇バーもなくなった。実際、作家と編集者が一度も顔を合わせなくても本ができるような時代になってしまった。私から心中の機会さえ奪ってしまったのだ。

（二〇一〇年九月三〇日号）

## 始末に困る人

今年の初め頃だったが、当時財務大臣だった菅首相は、自民党の議員に「消費性向と乗数効果の違いを説明して欲しい」と追及され、答えに窮した。慌《あわ》てとんで来た財務官僚の説明を受けたが理解できず、審議は四回にわたりストップした。財務大臣が経済学のイロハを知らなかったというので国民は呆《あき》れ不安に思ったが、これは単なる醜態に止まらなかった。この頃から、官嫌いだった菅氏が官頼りに傾いたからだ。そしてこの五ヵ月後には官から民への急先鋒《きゅうせんぽう》だった菅氏は、官に言われた通り消費税十%に言及した。

ただし菅首相にも同情の余地はある。経済は一般に考えるよりはるかに難解だからだ。財務大臣以外の国務大臣なら、その分野に精通した専門家に一週間も教えてもらえば、大ていの人は所管の問題すべての大筋を把握することができよう。財務大臣だけはそうはいかない。経済学の基本を学ばねばならず、これが難関なのだ。経済の専門書は入門的なものでも小説を読むようにはいかない。世界中の人のいやがる数学が出てくるからだ。例えば家計収入から税金を差し引いた額を可処分所得というが、菅首相の問われた消費性向とは、可処分所得のうち消費支出にあてられる額の比率のことだ。これだけで引き算と比率が出てくる。乗数効果とは、子ども手当や公共事業など、政府が支出や投資を増やした時に国民所得は投下額の何倍に増加するかということで、きちんと理解するには等比級数が必要となる。この説明だけでもう目の回る人もいるだろう。ここ四年間に我が国は五人の首相を持ったが、経済をきちんと分っている首相がいたようには思えない。鳩山内閣と菅内閣に限ったら、首相どころか経済をよく分っている人間が内閣にさえほとんどいないように思える。いつまでたってもデフレ不況を克服できないのもうなずける。

日本だけではない。ブッシュ、オバマ、プーチン、サルコジも、経済が分っているとは思えない。政治家には数学の嫌いな人がとりわけ多いのだ。だいたい口が達者で数式とたわむれるより人とたわむれる方が好き、というような人が政治家を志すからだ。世界経済がうまく行かないのもうなずける。

実は、首相や財務大臣が経済学を理解していても経済政策がうまく行くとは限らない。東大の経済学部教授を二人抜き出して首相と財務大臣にしてもだめだろう。マル経の人は社会主義的な見方しかしないし、新自由主義の人はリーマンショックなどで世界経済を苦難に陥《おとしい》れながらなおその見方しかしない。学者の料簡は意外と狭く、学派を乗りこえられないのだ。節操なき曲学阿世《きょくがくあせい》の徒も多い。かと言って、銀行、証券、財界、財務官僚のトップを連れてきても、それぞれの利益代表として振舞うばかりで何の期待もできまい。経済に精通していながら、国益を守りつつ広い視点から国を導くことのできるような人がこの国には払底している。

西郷南洲《なんしゅう》はこう言った。「命もいらず、名もいらず、官位も金もいらぬ人は始末に困るものなり。この始末に困る人ならでは、艱難《かんなん》を共にして国家の大業は成し得られぬなり」。出でよ、「始末に困る人」。

（二〇一〇年一〇月七日号）

## 脅され騙《だま》され

日本人はお人好《ひとよ》しである。

海外では引ったくりやスリの好餌《こうじ》だ。市場では釣銭をごまかされ、レストランでは食べていないものまで請求され、ホテルでは覚えのない国際電話や冷蔵庫のシャンペンの代金まで請求されたりする。日本ではあり得ないことだから一々確かめないことが多いし、たとえ気付いても激怒して大騒ぎすることもない。だから向こうはダメモトで騙してみよう、ばれても勘違いと説明すれば日本人ならわめき立てずに納得してくれるだろうとなる。

個人ばかりでない。企業も同様だ。中国では多くの日本企業が日常的に約束違反や詐欺《さぎ》に遭い、技術の盗み出しや違法コピーなどで悩まされている。アメリカではそれどころではない。トヨタはちょっとした過失につけ入られ、恐らく大嘘《うそ》であろう「証拠」をでっち上げられた上、国を挙げての攻撃にさらされ、イメージを大きく傷つけられた。その上、中古トヨタ車の価格までがそのために下がったからという信じられぬ理由で、総額二兆円を上回る賠償額の一千万人による集団訴訟までされた。

東芝は現実に一件の被害も起きていないのに、不具合の発生する可能性が理論的にあるということで集団訴訟され、一千百億円を払わされた。特許侵害やダンピングによる提訴は頻繁にある。訴訟をしかけると要求した通りの金額で妥協し和解してくれる日本企業は、世界中でカモとなっている。

お人好しなのは国も同じだ。困り果てた個人や企業を決して救おうとはしない。トヨタの問題などは、日本を代表する企業を標的とした官民による宣戦布告のようなものだ。なのに、アメリカ政府に対し強硬な抗議をするどころか聞こえていないふりさえしている。それればかりか小泉政権はアメリカの要求通りに構造改革を行い、世界一だった雇用や医療を壊し、格差を拡大し、世界中の垂涎《すいぜん》の的だった一億総中流という夢の社会を自ら叩《たた》き壊した。以降の政権も「日本の財政は破綻《はたん》寸前」などというアメリカの御託宣を、情報操作とは疑わず、積極的な景気浮揚策さえ打てないでいる。

安全保障も同じだ。北朝鮮のテポドンが日本列島を飛び越すまで北朝鮮の軍事的脅威をマスコミは騒がなかった。

今回の中国による領海侵犯、体当り、恫喝《どうかつ》に対し政府は土下座した。脅せば土下座する日本、ということを中国は学んだだろう。中国の軍事力を恐れたのだ。一九八九年以来二十一年間、軍事費を毎年二桁《けた》ずつ増加させてきたことや、中国艦隊が先島諸島辺りを我が者顔に航行していることは、保守系の識者が繰り返し警告していたのに、政府も国民も経済的な関係を深化させていれば脅威にはならないと呑気《のんき》に構えていたのだ。

戦前の日本は他の列強並みに他国を脅し騙し狡猾《こうかつ》を企《たくら》んだりもした。現在の我が国政府、企業、個人の全面的お人好しぶりは何に由来するのか。日本国憲法の前文「平和を愛する諸国民の公正と信義に信頼して、われらの安全と生存を保持しようと決意した」が大きいのではないか。日本国とその国民の生存は他国に委《ゆだ》ねられてしまったのだ。命がけで守るべき国家という意識が消滅したのだ。必然的に国も個人も自衛意識と危機意識を失った。平和を希求していれば戦争に巻きこまれないし、いざとなればアメリカが助けてくれる、と何もかも他人まかせとなった。それどころか、「国家意識をもつと軍国主義につながる」という終戦後のGHQによる洗脳から国民は未《いま》だ解かれていない。

今度の中国漁船事件は実にありがたいことだった。日本国憲法を信じ、「平和を愛する諸国民」の一つである中国の「公正と信義に信頼」していると、尖閣《せんかく》諸島はおろか沖縄、果ては本土までゆすり取られてしまうであろうことが惰眠をむさぼる政府と国民に明らかとなったからだ。

（二〇一〇年一〇月一四日号）

## 滲《にじ》み出てきた陰影

「あなた昔より笑うことが少なくなったみたい」と女房に言われた。こういうコメントはなぜか胸に突き刺さる。笑うことは人間の証《あかし》でもあるからだ。

思えば遠い昔、私はいつも大きなえくぼを両頬に作り微笑《ほほえ》んでいた。だから今残っている写真を見ると、上の歯茎が少し出ているのを除けばどれも極端に可愛《かわい》い。周囲の子と比べても異常に可愛い。

幼くして微笑みの人だった私が、小学校高学年には笑い上戸の人となった。友達が休み時間に「ウチの父ちゃんたらなあ、オレが何かするとすぐに『糞《くそ》ったれ』って怒鳴るんだ」と言うのを聞くや笑い出し、授業が始まっても止まらず、声が出ないよう口を抑えてもだえていた。中一の時には、国語の先生が「堀辰雄《たつお》」と言った途端に音の響きが無性におかしくて十分間も笑っていた。中三の時には、生物の先生が黒板に丸い地球とその上に立つ一人の人間を描き、「ここに一人のデクノボーがいる」と言った途端に笑いが止まらなくなった。口を腕に押し当て、うずくまっていたら二十分ほどして先生が私を見て、「知能指数の低いのがまだ一名笑っている」と言ったので、今度は気が触れたように笑い転げた。大学、大学院では明けても暮れても数学に沈潜していたので余り笑わなかったが、助手になってからはまた快活に笑うようになり、よく年長者に「屈託のない人」と評された。結婚してからも同じようなものだった。よく女房に「あなたってどうしていつもそんなに明るいの」とか「あなたって陰影というものがないのね」と半ば蔑《さげす》むように言われた。女房の大好きなジェームズ・ディーンは陰影だらけだった。

最近笑いが少なくなった原因が気になる。定期健診ではオールAだし体調もいいから原因は精神的なもののはずだ。結婚生活が倦怠期《けんたいき》に入ったというならずっと以前から笑わなくなっていいはずだ。男にもある更年期かとも思うが、体重計による私の肉体年齢は一回り以上若い五十歳で、フェロモン大魔王の名を今もほしいままにしている。思いつくのは、昨春に長年勤めた女子大をセクハラ退職でなく堂々と定年退職して以来、執筆量が倍以上に増えたことだ。

締切りに追われ気分が一向に休まらない。週刊新潮のように毎週攻め立てるものもある。父が今の私とちょうど同じ年齢で連載中に命を落としたことも気になる。「締切りのあるものを書くのはもういやだ」と女房にこぼしたら「それじゃあなたは一枚も書かないじゃない」と一蹴《いっしゅう》された。

誰か執筆疲れを癒《いや》してくれる佳人が欲しいと五年前に買ったマンションは、誰も入ってくれぬためついに書庫兼書斎になり果てた。これで昔のように笑い続けろという方が無理だ。でもそのおかげで近頃、顔一面に深みと渋味のある陰影が、ジェームズ・ディーンほどとは言わぬがそこはかとなく滲み出てきた。下手をしたら女房に好かれそうだ。

（二〇一〇年一〇月二一日号）

## 歴史を知りたくなる

中学生や高校生の頃、歴史の時間が退屈だった。日本や世界のあちこちで起きた昔のことを知って何になる、現代は人間も状況も一変しているのだ、一体何の役に立つのだ、くらいに思っていた。受験に必要という理由だけで年号などを覚えまくっていた。私の周りにも歴史を好きな者は少なかった。

そもそも自然科学でなら将来、アメリカ大陸発見のような大発見の可能性だってあるが、歴史ではそんなことは望めない。高三の時だが、切れ者で通っていたある級友が世界史の授業中に突然手を挙げ質問をした。「いつどこで誰が何をした、なんてことを延々と学んで一体何になるんですか。こんな断片的知識をいくら積み上げても、歴史観が生まれてくるような気がしません」。先生は一瞬驚きの表情を浮かべてから顔をやや紅潮させ言った。「私も君と同じように考え、実は悩んでいるんです。入試があるから仕方なく知識の切り売りをするような授業を忸怩《じくじ》たる思いでしているんです」。そう言うと苦し気な顔をした。

私の場合、家でも歴史が待っていた。歴史小説をよく書いた父が、食卓などでしきりに歴史の話をするのである。聞き流していれば間もなく止《や》めるのだが、うっかり質問でもしたら大変だ。いやになるほど懇切丁寧な説明が始まり、こちらが質問した以上逃げ出す訳にもいかず立往生することになるからだ。子供達は父の歴史講義が始まると、せっせと食事を進める以外に手はなかった。

そんな私が四十歳の頃から歴史に興味を持ち始めた。何かを調べるとその辺りに知識の島ができ、別のことを調べるとまた別の島ができる。そのうちに孤立していたはずの二つの島が橋でつながる。「こういうことだったのか」という驚きがある。一見関係のなさそうな二つのものが結びつくという意外性は、自然科学における醍《だい》醐《ご》味《み》の最たるものでもある。歴史を調べれば調べるほど世界各地で起きた一見無関係な事象がネットワークのように結ばれて行く。

人間や情報は地球上を移動するから当然なのだが、ネットワークの構築はなぜか脳にすこぶる心地よい。その上あらゆる現象に人間が絡《から》んでいて余計に面白い。歴史とは地球を舞台とした途方もなく壮大な演劇なのだ。自分や先祖も舞台の隅の隅の隅で参加している。それに人間の本質は変らないから、人は似た状況で似たヘマを何度でも繰返す。だから現在を考えるのに実に役立つ。若い頃にこの面白さに気付いていれば、今と違い記憶力もよかったから強大かつ緻密《ちみつ》なネットワークを完成することができ、この壮大な演劇をもっと深く味わえたのにとも思う。無理だったかも知れない。中年にさしかかって初めてこれまで生きてきた、そしてそう遠くない将来に消える自分の立位置を確かめたくなるからだ。家系を調べたくなったり先祖や自らがどのような時代の流れの中で生を受け生を営んできたかを知りたくなる。無邪気なままこの世から退場したくなくなるのだ。十代で歴史に興味を持つ者の気持は私には不可解だが、中年になって歴史に興味を持たない者の気持はそれ以上に不可解だ。

（二〇一〇年一〇月二八日号）

## 夢見る乙女

中国の各地で反日デモが起き日本企業などが暴行に遭っている。それほど怒られるようなことをした心当たりはないがと訝《いぶか》ったら、どうやら尖閣らしい。中国は、明代の本に「釣魚台《ちょうぎょだい》」の字があり、自分達の発見だから自国領土という。愚論だ。発見者を言い出したら世界中の島が直ちに係争に巻きこまれる。地球上のどの島であろうと、最初に発見した人などは分るはずがないからだ。どの国が実効支配をしてきたかだけだ。国際法上もそうなっている。

こんな絶海の小島は何の役にも立たないと一九世紀末まで放っておかれたのだ。一八九五年になり日本政府はどの国にも属していないことを確認した上で閣議決定にて領土とし島に国標を立てた。その翌年から一九四〇年までは、ここのカツオ節工場などで二百人余りの日本人が働いていた。この間、一九二〇年には中華民国駐長崎領事が、魚釣島に漂着した中国人漁師達を救護した人々に感謝状を送り、中で尖閣のことを日本帝国沖縄県八重山郡尖閣列島と明記している。だから一九五八年と一九六六年に北京で出版された「中国全図」でも日本領となっている。一変したのは一九六九年、この辺りに大型海底油田があると報告されてからだ。途端に中国が自分の領土と言い始めた。恥意識の希薄な人間はダメモトでどんな主張でもする。史上初めて領土問題となったのだ。台湾を解放し東シナ海と南シナ海の支配を通じアジアの覇権を狙《ねら》う中国は、ますます尖閣に執着している。

政府は「領土問題は存在しない」「冷静に」「大人の態度」を念仏のように唱えている。日本が歴史上も国際法上も正しいのは明白だから世界は理解してくれると思っているようだ。甘い。ソ連は一九四五年、突然満州へ侵攻し、日本のポツダム宣言受諾後に千島列島を不法占拠し、さらには満州にいた六十万以上の日本人をシベリアへ連行し強制労働をさせた。どれも呆《あき》れるばかりの国際法違反だ。アメリカは人類史上最大級の国際法違反である原爆投下を行った。にもかかわらずロシアとアメリカがこれらに関し糾弾されたことも心から謝罪したこともない。

国際法とは、軍事大国が都合のよい理屈をひねくり出すや吹き飛んでしまう代物《しろもの》なのだ。チベットや新疆《しんきょう》ウイグルだって各国は時々口出しするだけでどこも救おうとはしない。時の経過とともに内蒙古《うちもうこ》のごとく実効支配となる。国際法に頼るのは日本のような夢見る乙女だけだ。

無人島になって久しい尖閣に建造物を作り実効支配を形で示し、中国の横暴に悩む東南アジア諸国と連帯を組み、体当たりビデオをCNNで全世界に流し国際世論を味方につけることが大切だ。

尖閣は日米安保の対象になるとアメリカが言ったからと安心してはいけない。「対象になるから断固守る」とは言っていないのだ。国民の多くは安保条約にいて日本の領土が攻められたら自動的に米軍が助ける条約と信じているようだ。錯覚だ。第五条には「自国の憲法上の規定及び手続に従って共通の危険に対処する」とあるからだ。アメリカが戦闘行為に入るには大統領の決意と議会の事後承認すなわち米国世論の支持が必要なのだ。極東のちっぽけな日本領の小島のために、ニューヨークやワシントンを射程に入れた核ミサイルを持つ中国を相手に、米兵が血を流すことを国民が支持するとでも思うのか。百%ありえないと言ってよい。アメリカが「対象になる」は尖閣防衛の意思表明を避けた巧妙な表現に過ぎない。

日本政府に船長逮捕の早期解決を強く要請したのは、尖閣問題で本当に米軍を出動させるか否《いな》かの踏絵を踏まされたくなかったからだろう。

自らの領土は、いかなる経済上の痛手を負おうとも自らの力で死守すべきものだ。この覚悟がなければ日本は次々に蚕食されて行くだろう。夢見る乙女では国土は守り切れない。

（二〇一〇年一一月四日号）

# 第三章　近代日本の宿痾《しゅくあ》

## 日本の宿痾

明治一九年にビルマを視察した情報将校の福島安正は、人々が宗主国イギリスの支配下で英国人により奴隷《どれい》のごとく酷使され、気ままに鞭《むち》打たれ射殺されているのを見て、同じアジア人としての義憤に駆られた。明治二五年には、独露オーストリアにより三分割され故国を失った旧ポーランドの人々を見て、かつての王国の栄光を想《おも》い涙した。

この頃までの日本人は、欧米列強による植民地支配や帝国主義を心から憎んでいた。にも拘《かかわ》らず帝国主義というものの非情と醜悪を欧米に説き諫《いさ》めようとはしなかった。

それどころか、自存自立のためという側面はあったにせよ、徐々に欧米列強の真《ま》似《ね》をし始めた。日本が本気で欧米を諫めたのは、第一次大戦後のパリ講和会議で人種差別撤廃を提案した時だけではなかったか。

戦後のGHQによる恐るべき言論統制、憲法や教育基本法や教育制度の押しつけについても、日本人は明らかな国際法違反と諫めることはせず、黙々と自らの社会をそれに合わせた。同じ敗戦国のドイツはこれらを拒否したのだ。

また、江戸時代初期から三、四世紀にわたり日本の初等教育は恐らく世界のトップだった。国民の識字率や計算能力は群を抜いていた。それを一九八〇年代には米英の真似をし、知識や規律を重視した従来の教育を捨て、個性、自主性、多様性を尊ぶ教育に舵《かじ》を切った。ゆとり教育だ。ちょうど同じ頃、米英当局者はこれまでの教育では世界経済で一人勝ちをしている日本に永遠に追いつけないと、賢明にも日本型に切り替えようと努力していたのだ。

嫉妬《しっと》による海外からの詰め込み教育批判やアメリカかぶれの浅薄な提言を一蹴《いっしゅう》せず、伝統を捨てて米英の真似に走った結果はどうなったか。学力ががた落ちし、教室は荒れ、世界一勉強をしない子供が大量に産み出されただけだった。最近では著しい学力低下を見て、国際テストで一番のフィンランドを真似しようとしている。フィンランドがどんな学術や文化を産みどんな繁栄を達成したというのか。

また、一九九〇年代の初めに日本ではバブルが弾けた。周囲を見渡したら市場原理主義のアメリカが好調だった。そこでその後十数年間それを取り入れ、金融ビッグバン、株主中心主義、全面的な規制緩和や撤廃を強行した。恐らく世界でもっともすぐれていた日本型資本主義をかなぐり捨て、貪欲《どんよく》資本主義を取り入れたのだ。結果はどうか。人類の夢と言ってよい一億総中流社会は壊滅し、世界の羨《うらや》んだ雇用や医療までがズタズタになった。今も世界経済の危機的混乱に巻きこまれている。規制なしの自由競争がはらむ危険は容易に洞察できた。それは弱肉強食のけだものの世界だからだ。惻隠《そくいん》を旨《むね》とする日本にはとりわけ適さないのに、それを主導するアメリカを諫めようとは一切しなかった。

最近の通貨戦争でもそうだ。世界不況の中で各国が輸出を有利にしようと自国通貨を安く誘導している。基軸通貨であることをいいことに大量のドルを垂れ流しているアメリカと、恥も外聞もなく為替操作を続ける中国が二大元凶だ。韓国やインドやブラジルが中国に続いている。

この四十年間、一ドル三百六十円から八十円に至る円高を創意工夫で凌《しの》いできた孤高の日本は、元凶の米中を激しく叱責《しっせき》すべきところ、民主党政権は自ら恥ずべき為替介入をやってのけた。これで諫める権限を一挙に失った。
相手の謬見《びゅうけん》や悪行を諫めるより、自らを相手に合わすことで風波を起さないというのが今日に至る日本のやり方である。日本人の類《たぐ》い稀《まれ》な謙虚さであり優しさであるが、実はこれこそが日本近代を貫き日本を追いこみ苦境に陥らせてきた、民族の宿痾である。

（二〇一〇年一一月一一日号）

## プロとアマ

プロとアマはどこが違うのだろうか。

プロのピアニストは他人の演奏を左脳で聴き、アマは右脳で聴くとかなり前に聞いたことがある。プロは分析しつつ論理的に聴き、アマは情緒的に聴くということらしい。この説が最近の脳科学でどう評価されているのか知らないが、プロとアマが技倆《ぎりょう》以外の点でも違うという場面にはよく出食わす。

二十年ほど前、コンサートで演奏し終ったばかりの友人ヴァイオリニストを私の家に招き、夕食を共にしたことがある。常に周囲への優しい心配りを怠らない私は、彼女のためにバックグラウンド・ミュージックとしてブラームスのヴァイオリン・ソナタを比較的に小さな音量で流した。私のためだったら奈良《なら》光枝や石原裕次郎でよかったのだ。彼女は音楽が始まって一分もたたないうちに「あれ止めてくれない」とぶっきら棒に言った。そして「気が休まらないから」と付け加えた。クラシック以外なら何でもよいと言うのでジャズをかけたら喜んでくれた。意外に神経質なんだ、と思っただけで忘れていた。

ところが先日、別の友人ヴァイオリニストがこう言った。

「私が二階でお稽古《けいこ》をし終って下に降りてくると、音楽好きの主人が私のためと思ってかクラシックをかけるのよ。頭にきちゃってね、クタクタなのに」

気の毒なのは心やさしい亭主の方と思うのだが、プロはクラシックを聞かないで聴いてしまうのだろう。それに比べ愚妻などはヒマな時には朝から夜までクラシックをかけっ放しにし、合間にピアノを弾いたり紅茶を飲んだり実に幸せそうだ。アマの強みだろう。

そう言えば私もかつて、二階の書斎で数学研究に没頭していて息抜きに降りてくると、息子が受験問題を持って待っていて閉口したことがある。数学の問題を見ると職業柄、目の前に獲物《えもの》を置かれたライオンの如《ごと》くいきなり攻撃本能に目覚め没頭してしまうから、一向に頭が休まらないのだ。頭を使うといっても息子と将棋を指すのならよい。気晴らしになる。数学だけがいけないのだ。

最近は仕事場で原稿に追われている毎日だ。帰宅すると返事をしなければいけない手紙が山積している。これをこなすのがすっかり億劫《おっくう》になった。数学が主だった頃は手紙など何通でも平気だったのだ。文筆のプロとなりつつあるのかも知れない。

数学者は少数の例から物事を一般化する傾向がある。私もはしくれとして、「プロは自らの職業に関連したものでは決して気が休まらない」、と単純に一般化していた。ところが少し前にプロの将棋指しと対談した時、彼は「多くの棋士は対局が終り家に帰っても、夕食後にインターネットで将棋を指したりしています」と言った。スワ、例外、と思った。数学や自然科学では例外がたった一つでも見つかったらその法則や定理はそれで完全におしまいなのだ。がっかりしていたらその棋士が「プロの棋士は私を含めインターネットではたいてい一手五秒とか持時間五分という勝負をしています」と付け加えた。ホッとした。普段の対局では一手一時間も長考することがある棋士にとって、瞬間芸のインターネット将棋は本職とは別物で気晴らしとなるのだろう。

作家だった父の気晴らしは山と銀座のバーだった。それでも文春の池島信平社長に「女房しか女を知らない新田次郎は、作家の風上におけない」と言われた。プロの作家の気晴らしは女房以外の女性ということなのだろう。私も本当のプロになれるよう、気晴らしの方から先に環境整備しようと思っている。

（二〇一〇年一一月一八日号）

## 後世に残る格言

仕事場へ行く道沿いに浄土真宗の寺がある。そこの門脇《わき》に折々の格言が書いてあって、これを見るのが愉《たの》しみだ。今朝は「人として生まれた悲しみを知らない者は、人として生まれた喜びを知らない」とあった。ささっと歩きながら読んで、十メートルほど先へ行ってから戻って再び読み返した。理解するのに十メートルかかったのだ。

若い頃、格言にはほとんど興味がなかった。意味がよく理解できなかった。人生経験が少な過ぎたし、勉強に追われていて人生を思索する時間などとれなかった。そもそも時折女性を夢見る以外、全関心は数学へ向けられていた。この二つに比べれば人生などまさにどうでもよいことだった。

それに人生に関する格言には暗いものや皮肉が多い。「生きるべきか死ぬべきか。

それが問題だ」(シェイクスピア)、「人生は二つのものから成りたっている。したいけどできない。できるけどしたくない」(ゲーテ)、「人間は生きて苦しむための動物かも知れない」(夏目漱石《そうせき》)、「人生は苦痛と退屈の間を振子のように揺れ動く」(ショーペンハウエル)、「人生は地獄より地獄的である」(芥川龍之介《あくたがわりゅうのすけ》)、「花の命はみじかくて、苦しきことのみ多かりき」(林芙美子《ふみこ》)。

年輩者なら成程とうなずいたりニヤッとしたりするものだが、若者にはチンプンカンプンだ。夢と野心に燃えていた若い頃の私は、「決めつけるな。俺には俺の人生がある。悲観的で人生が切り拓《ひら》けるか」と一蹴《いっしゅう》していた。

後世に残る格言をつくるには、人生への深い洞察をエスプリの効いた一言で喝破する能力が必要だ。だから老練な作家や哲学者などが多くなる。古今東西どこを見渡してもこういった人々の中に、明朗快活で屈託のない者などまず見当らない。

その上、言葉の達人として彼等は、暗い言葉の方が明るいものより重厚かつ深遠であること、世人は自分より不幸な人の存在を知り安堵《あんど》したり慰められたりすることと、などを知っている。先のショーペンハウエルの言葉だって、「人生は快楽と喝采《かっさい》の間を振子のように揺れ動く」では人々に「どうぞ御勝手に」と見向きもされない。暗いものか皮肉が多くなるわけだ。

自然科学系の者などが格言をつくればまた趣の違うものも生まれるはずだが、彼等は人生の神秘より自然の神秘に魅せられ、言葉より数式に魅せられ、格言より法則に魅せられるから望み薄だ。

たとえつくっても「女性のＩＱとバストの積は一定である」程度のものである。どちらか一方が大きいと他方は小さいということだ。実はアメリカで独身時代を過ごしていた私がふざけ半分につくり女の子達に吹聴《ふいちょう》していたものだ。バストの小さな人には大いに喜ばれた。危機管理能力の高い私は、バストの大きな女性の前でこれを口にすることは決してなかった。

（二〇一〇年一一月二五日号）

## 狂騒の壺《つぼ》の中

政治家の失言が日本ほど問題となる国もないだろう。吉田茂首相は昭和二八年、しつこい野党の質問に怒り自分の席に戻ってから「バカヤロー」とつぶやき解散に追いこまれた。昭和六一年には藤尾正行文相が「日韓併合は韓国側にもいくらかの責任がある」と発言し更迭《こうてつ》された。六三年には奥野誠亮《せいすけ》国土庁長官が「日中戦争は日本に侵略の意図はなかった」と発言し辞任に追いこまれた。平成六年には永野茂門《しげと》法相が「南京《ナンキン》大虐殺《ぎゃくさつ》はでっち上げだと思う」と述べ辞任、また桜井新環境庁長官が「日本は侵略戦争をしようと思って戦ったのではない」と述べ辞任した。翌年には江藤隆美総務庁長官が「植民地時代に日本は韓国にいいこともした」とオフレコ発言しただけで辞任に追いこまれた。平成一二年には森喜朗首相が「日本の国は天皇を中心とした神の国」と言って二週間後に解散へと追いこまれた。平成二〇年には中山成彬《なりあき》国交相が「日教組は日本の教育のガン」と言い、大臣就任後三日で辞任した。

私から見れば彼等は単に自らの心情を吐露し、歴史認識を開陳し、信条を語ったまでだ。政治家にだって信条や表現の自由はあるはずと思うのだが、野党、テレビ、新聞は鬼の首をとったように大騒ぎする。とりわけ東京裁判史観と異なる発言に対してはヒステリー症状を呈し、必ず辞任にまで追いこむ。占領軍の一方的史観に従わない者は即軍国主義者となる。不思議な国だ。

これ以外の失言についても日頃の欲求不満をぶつけるかの如《ごと》く騒ぎ立てる。

現在、柳田法相と仙谷《せんごく》官房長官の失言が大きな問題になっている。法相は懇意にしている支援者の前で「答弁には『個別の事案については答えを差し控える』と『法と証拠に基づいて適切にやっている』の二つを覚えておけば十分」と言ったからだ。仙谷長官は「暴力装置でもある自衛隊には文民統制が必要」と言ったからだ。

私には柳田法相のものは英国式ユーモアだし、仙谷長官のものは、実力と言うべき所を語彙《ごい》選択を誤って暴力と口走ったまでと思われる。いつから日本人は度量を失ったのか。

国中がこんなことに狂奔するから政治家は建前ばかりを言い、大臣は官僚の作った無味乾燥な文章を棒読みするようになる。大臣のちょっとした勇み足を取り上げ血祭りに上げるのが野党の役目なのか。追及すべきは失言でなく失政ではないのか。国会議員が選挙や代表選や失言追及など壺の中の政争にうつつを抜かしているから、中国やロシアに領土問題で小馬鹿《こばか》にされる。日米同盟の立て直しや国防力強化も一向に進まない。さらに本質的な問題についてはすべて思考停止のままだ。中国など新らしい帝国主義の台頭の下、現行憲法で本当に我が国の安全と繁栄は保たれるのか。十年以上も続くデフレ不況に対し、いつまでも小泉政権以来の緊縮財政を踏襲していてよいのか。我が国は狂騒の壺の中で宴《うたげ》に興じたまま、ズブズブとぬかるみに沈んで行く。

(二〇一〇年一二月二日号)

## 科学技術立国の危機

自然科学分野のノーベル賞受賞者を生まれた国で比較すると、アジアでは日本が十五名、インドが六名、中国が四名、台湾が一名で他はゼロである。日本が圧倒している。二〇〇〇年以降で言えば、日本の十名というのは何と米国に次いで世界第二位だ。日本のすぐ下が七名の英国で続いて露独仏と並ぶ。我が国は世界でも屈指の自然科学大国なのである。

ただ、注意すべきはノーベル賞の対象となった日本人の研究が、ほぼすべて受賞の三十年以上前に行なわれたものということだ。意味するものが二つある。

一つは、かつての日本にはすぐに役立ちそうもない自然科学への温かい理解があり、その上に立ったよい教育とよい研究環境があったということだ。

もう一つは、自然科学は何十年もたってから重要さが認識されたり実用に役立ったりすることが多いということだ。どの研究がいつ活気づき、いつ役立つかは誰にも分からない。物好きとか時代遅れとか陰口を叩《たた》かれた研究が後になって脚光を浴びることは始終ある。流行の最先端分野ばかりでなく裾野《すその》を広くしておかねばならないのだ。裾野が広くあって初めて峰も高くなる。

自然科学は、費用対効果を重視するという短期的視点に立つ限り、壮大な無駄づかいだ。はるか遠くを見つめ敢然と科学研究を推進する国だけが三十年後に科学技術立国たりうる。我が国が世界第二位となる数千億円の特許黒字を毎年保っているのも過去の遺産なのだ。

それが心許《こころもと》なくなってきた。

研究環境の急速な悪化のためだ。自然科学研究にはかなりの経費がかかる。だから日本の科学研究の八割以上は国立大学が担《にな》っている。ここへの予算が二〇〇四年から毎年減らされてきている。もともとGDP比で先進国中最低レベルにあった予算がさらに削られているのだ。来年度は各省庁の予算が一律十%減となるから大学予算も急減しそうだ。

大学には交際費など切り詰め可能な経費がないから、予算の減少は研究費減やポスト減に直接つながる。これまでどの大学も毎年数名ずつ教官ポストを減らしてきたが、それはその教官の分野がその大学から消えることを意味する。歴史学科から近代西洋史がなくなったり物理学科から宇宙物理学がなくなったりする。

科学研究費補助金も大幅に減らされる見通しだ。この減少は研究費や若手研究者への奨学金の減少につながる。研究者の給料を減らすことはあっても研究費、ポスト、奨学金を減らしては絶対にいけないのだ。普通の人より何倍も賢い若者が普通の人の何倍も努力してやっとドクターをとっても、就職口がないどころか奨学金も得られず路頭に迷うのだ。これでは学問を志す者がいなくなってしまう。私の知っている修士課程の学生達は「博士課程に進んでもよいことは何もない」と口々に言う。

ノーベル化学賞の根岸英一教授は「若いうちに海外へ武者修行に出た方がよい」と言うが、博士課程やオーバードクターの学生は就職活動に不利と考え海外へ出たがらない。ポストが少なくなっている時に海外に出ていては、国内の研究集会で発表し有力な人々に顔と名前を知ってもらうことも、大学や学会の雑用に汗を流し覚えをめでたくすることもできないからだ。現にアメリカの大学院における日本からの留学生は一頃に比べ半減している。
このままでは近い将来、自然科学を志す子供もいなくなるだろう。農業立国も工業立国もできなくなる。万事休すだ。

（二〇一〇年一二月九日号）

## ウィキリークス

ウィキリークスと称する内部告発サイトが、約二十五万件に上る米国務省の外交公電を暴露し始めた。イタリアのベルルスコーニ首相を「無責任でうぬぼれが強い」、フランスのサルコジ大統領を「気難しく権威主義的」、北朝鮮の金正日総書記を「肉のたるんだ老人」などと評したゴシップは、世界中がそう思っているから目新らしくも何ともない。「サウジのアブドラ国王がアメリカにイランを攻撃するよう再三要請している」「中国政府がグーグルに侵入するよう指示していた」などは初耳だが、そんなことがあっても不思議でないから衝撃はない。

これまでに出たもののうちで最大級は何と言っても、国連幹部や各国外交官のクレジットカード番号や携帯電話番号、さらにはＤＮＡや指紋などを収集し報告するよう指示した、クリントン国務長官名の公電であろう。国務長官が外交官にこのようなスパイ活動を指示していたというのは、アメリカにとって大打撃であろう。クリントン国務長官が今後どんな高邁《こうまい》な理想を語っても、世界はクレジット番号泥棒と思ってしまうからだ。国際問題に発展する可能性すらある。アメリカの安全保障上の重要施設一覧が出たのも大きい。

不正を暴《あば》くのは歓迎だが、秘密という秘密を暴くのは問題だ。秘密を持つことは悪徳ではないからだ。まだ数％しか出していないとウィキリークスは言う。この調子で暴き続ければ9・11より大きな被害を米国にもたらすだろう。

大量の内部文書が流出するという国務省の不手際《ふてぎわ》は、各省庁でできるだけ情報を共有しようとして管理が手薄になったためという。相変らずだ。第二次大戦が始まりしばらくした頃、英米の政府は暗号解読情報を共有しようということになった。ところがイギリス側の情報機関がこれに二の足を踏んだ。難攻不落と言われたドイツの暗号の解読にイギリスが成功していることは機密中の機密で、お調子者のアメリカ人がうっかり洩《も》らしてしまわないかと危惧《きぐ》したのだ。今ではそのアメリカが日本と情報を共有するのをためらっている。北朝鮮や中国に関する情報でもほんの一部しか日本には与えない。当然である。スパイ防止法さえない国と最高機密を共有するというお人好《ひとよ》しは世界のどこにもいないからだ。実際、日本の機密情報はほとんど筒抜けの状況だ。政治軍事ばかりでなく、企業のハイテク情報なども近隣諸国に盗まれ放題で大きな被害をこうむっている。日本は今回の件を他山の石とし、機密保護法や広汎《こうはん》なスパイ防止法を定め、軍需産業や民間企業の技術流出にも速やかに手を打たねばならない。

一方、ウィキリークスは、アメリカだけでなく中露などの暗部をも明るみに出さない限り、政治を透明化するなどと偉そうなことは言えない。単なる反米活動家あるいはどこかのスパイとしか見なせないからだ。そしてどんなことがあっても個人情報の暴露までは突っ走らないことである。私のように華麗な女性関係をもつ人間は、またたく間に言論界および家から放逐されるからだ。

（二〇一〇年一二月一六日号）

## 慎み深い人

十年ほど前の秋、ケンブリッジ大学の教授が蓼科《たてしな》の我が山荘を訪れた。他のどの国とも違う圧倒的に美しい紅葉を私達夫婦と三人で堪能《たんのう》した後、愚妻が彼を付近の温泉に誘った。この辺りには信玄の隠し湯といわれる所がいくつかある。と、教授は急にもじもじし始め「裸で入るのか」と口ごもるように言う。「ヨーロッパのように水着をつけたりはしないわ。でも男女別々だし、身体《からだ》が芯から暖まってとてもいいわよ」と温泉好きの女房は熱心に誘う。すると教授はポッと赤くなって「僕はどちらかというと慎み深いので」と言って辞退した。

彼の気持はよく分る。私も温泉には抵抗がある。オランダの友人に「そばに混浴のサウナがあるから行くと面白いわよ。老若男女の裸をたっぷり見ることができるわよ」と抑え難い好色をくすぐられたが、熟考の末に思いとどまったほどだ。とことん慎み深いのだ。

数年前だったか、北陸の温泉の大浴場を裸で歩いていたら、頭の薄い小太りのおじさんがツカツカと、いやペタペタと無論裸で歩み寄って来た。

「失礼ですが藤原先生ですか」

「ハ、ハイ」

「小学校長をしている者ですが、今度、県の校長会で講演をしていただけないでしょうか」

この悪夢のような出来事以後、益々《ますます》温泉を避けるようになった。温泉に泊る時は余分のお金を払ってでもできるだけ部屋に露天風呂《ぶろ》のある所を予約するようにする。

それに反し、慎み深くない愚妻は温泉と聞くと目の色を変える。私の講演に普段は同行しないのに、近くに温泉があるとなれば進んでついてくる。「聴くに堪えない」と確信している講演は無視して、湯につかってばかりいる。一日に七回は入る。肩凝りや腰痛にもよいがお目当ては美肌らしい。とりわけ弱アルカリ性の湯は皮膚の古い角質を溶かし、肌をしっとりさせる効果があるという。実際に豆腐を浸しておくと表面が少しずつ溶けてくるらしい。もう手遅れと思えるのだが実に熱心だ。

先日は鹿児島市内で取材中の私を強引にくどき、指宿《いぶすき》温泉まで一緒に行った。着くや有名な砂風呂に面倒臭がる私を誘った。脱衣場で浴衣《ゆかた》に着がえ身体を海岸の砂に横たえると、ゴム長のおじさんがスコップで砂を無雑作にかけ始めた。重圧で呼吸がしにくいほどだった。生き埋めだけにはなりたくないと思った。十五分も頑張っていると地の熱で汗が噴き出してきた。砂から這《は》い出て心地よい風に吹かれながら浴室棟に向かった。

棟に入ると通路を全裸のおばさんが歩いていてびっくりした。慎み深いうえ審美眼の鋭い私は目を伏せ、足早に男子用脱衣場へ逃げこんだ。裸の男達に混じり従業員のおばさんがいたのでまたびっくりした。気になったが砂だらけの浴衣を脱ごうとしたら、おばさんが走って来て「ダメダメ、砂のついた浴衣はこっち」と何と彼女は入浴客でいっぱいの男子用大浴場を横切りシャワー室へと私を引っ張って行く。そこで「ここで脱いで下さい」と言い親切にも待っている。待っていてくれなくてもいいのにと思いながら仕方なく素裸になり浴衣を手渡すと、彼女はそれを壁の穴に放り入れた。この国では男性の裸の群に女性が侵入することは合法なのだろう。シャワーを浴びて裸のまま脱衣場に戻ると、今度は私のすぐ横でどこかのおばさんが父親らしき裸の老人を叱《しか》りながら服を着せていた。私の美しい肉体に目を奪われているはずと思い気恥ずかしかった。女性側も風紀は乱れていたのだろうが、出てきた愚妻は何事もなかったようにルンルン気分だった。
慎み深い人にとって温泉は疲れる。

（二〇一〇年一二月二三日号）

## 亡国の論

数学の長い歴史の中で、実用を念頭に数学を創《つく》った人はまずいまい。数学者の研究上の羅針盤は唯《ただ》一つ、美意識である。複雑多岐な現象をほんの一言で簡潔明瞭《めいりょう》に表現しつくす、という豪快な美を目指したり、野に咲く一輪のスミレのごとく人知れず息づいている密《ひそ》かな美を探し出そうとしたりする。二千年以上にわたり美意識に導かれ創り上げられてきた数学が、近代になってあらゆる方面で片端から役立つのは不思議である。しかも歴史的には美しい数学ほど後になって役立つのだから、なおさら不思議だ。

物理学だって同じだ。ニュートンは「宇宙は神が数式で描いた聖書だ。神が描いたのだから美しいはずだ」と信じ、天体力学を創始した。偏見に支えられ美を追求し大理論に至った。

数学や物理学において最も重要な資質は知能指数でも偏差値でもなく美的感受性である。力強い発展を見せている化学、生物学、医学などでも美感が重要という。我が国が科学技術立国たりうるのはこれら基礎科学の隆盛による。土地も資源もない我が国が、頭を抱えたくなるほど頼りない政治にもかかわらず一等国としてやっていられるのは、日本人特有の研ぎ澄まされた美的感受性のおかげなのだ。世界中が、マグカップでガブ飲みするだけの茶を茶道に、花びんに放りこむだけの花を華道に、相手に分からせればいいだけの文字を書道にと、何でも芸術にまで高めねば気のすまない異常な美的感受性こそが日本人のお家芸なのだ。世界水準から見て数学や物理のさらに上を行く日本の文学や芸術だって、「もののあはれ」「わび」「さび」「幽玄」「いき」を初めとする美感の賜物だ。

類《たぐ》い稀《まれ》なこの感性の源泉は何か。

神道や仏教といった宗教の影響も無論あるが、もっとも本質的なのは明確な四季の変化とそれに鮮やかに呼応する繊細でたおやかな自然であり、並外れて豊かな植生や花鳥風月である。すなわち日本を支えているのは美しい自然なのだ。

現在、環太平洋諸国の間で全品目の関税をゼロにしようというTPPへの参加が問題となっている。農水省は農業界の、経産省は工業界の利益代表と化して争っているが、首相やマスコミは参加に賛成のようだ。衰退する一方でもはやＧＤＰの一・五％に過ぎない農業に見切りをつけ、工業立国に徹しようという議論になっている。亡国の議論だ。農業が潰《つぶ》れれば、食料自給率が激減し、憲法前文の通り平和を愛好する諸国民に生存を託す他なくなる。それどころではない。日本の美しい田園は美的感受性の源泉そのものである。田園が荒れ果てれば美的感受性が枯渇《こかつ》し自然科学が衰退し、工業立国すら覚束なくなり沈没する。

そもそも農業は一国の礎《いしずえ》であり生殺を議論することさえ許されないものだ。国体の核と言ってよい。衰退し続ける農業は自民党政権や農水省がいかに無能であったかの証《あかし》である。今なすべきことは全知全能を傾け、早急かつ抜本的に農業を力強く蘇生《そせい》させることだ。農業は単なる経済問題を超えたものであることを心に刻むべきである。

米国とＴＰＰを締結しないとＥＵや米国とＦＴＡを結んだ韓国に負けてしまうというのは嘘《うそ》だ。韓国に負けているのは、リーマン・ショック以前に比べウォンが円に対し四十％以上も切り下げられているからだ。ＴＰＰは農業を潰すだけではない。

医療、金融をはじめありとあらゆる分野での規制撤廃など、米国の国益増大だけを目的とした米国の戦略にすぎない。経済で行きづまったオバマ政権が必死に繰り出す日本を標的とした刃《やいば》なのだ。このＴＰＰに政官財、エコノミスト、新聞テレビとほぼ全《すべ》てがくつわを並べて賛成なのは壮観だ。誰がどのような理由で賛成しているのか、国民は長くしっかりと見据える必要がある。

（二〇一〇年一二月三〇日・二〇一一年一月六日号）

## 世界一の宣伝下手

先日、友人のイギリス人数学者が私にこう言った。「日本は中国漁船がぶつかって来たと言ってるようだけど、今もビデオを公開しないのは日本側に都合の悪いことがあるからなんじゃない」。案じた通り世界はそう受け取っている。

日本人同士なら今後を考え事を荒立てずにすませてもよいが、国際問題は逆に、今後を考え明瞭《めいりょう》に決着をつけないといけないのだ。相手の感情を害することになろうと、あいまいにすませておくと後で国益を大きく損なう。相手国というよりむしろ世界に向けて明瞭にしなければならないのだ。

昭和六年の満州事変以前、日本はいくつもの事件をあいまいに処理した。昭和二年に南京で、国民革命軍が日米英などの居留民を襲い虐殺《ぎゃくさつ》を行った。米英は艦砲射撃で反撃したが、日本軍だけは日支友好を唱える幣原《しではら》外相の方針により日本人居留民を見捨て静観した。見くびられた日本は翌三年にも済南で多数の在留邦人が暴行、虐殺され、女性は死体にまで凌辱《りょうじょく》を加えられた。ここでもほとんど抗議をしなかった。五年には、ポーツマス条約で認められた日本の南満州鉄道経営を破綻《たん》《は》させるため、中国は日中合意により禁止されていた並行線の建設を始めた。日本人の土地利用や鉱山経営をも禁止した。翌六年には旅行中の中村震太郎大尉《たいい》を虐殺し、万宝山では二百人ほどの朝鮮人農民（当時は日本人）を虐殺した。日本は抗議らしい抗議を行わなかった。鉄道に対する運行妨害、列車強盗、駅や電線の略奪などは数百件に達していた。ありとあらゆる国際法違反を国際社会に訴えることもしなかった。穏便にすませるばかりの政府と恩をことごとく仇《あだ》で返す中国に対し、国民の不満は爆発寸前だった。

事変勃発《ぼっぱつ》二ヵ月前の調査では、満州での武力行使を東大生の八十八％が支持していたという。このような空気を見て関東軍は満州事変へと突っ走った。

このような状況下での軍事行動は当時の国際常識では当然と言ってよいものだったが、中国側の宣伝しか知らされていない世界は日本を一方的に非難した。日本は翌々年、国際連盟を脱退し世界の孤児となった。世界一宣伝下手な日本は、世界一宣伝上手の中国に翻弄《ほんろう》され続けている。昭和一二年の南京戦から約一年間に国民党の国際宣伝処は三百回近い記者会見を外国人記者に対し行った。この熱意には驚くが、もっと驚くのは、その中で一度も触れられなかった南京大虐殺を、八年後の東京裁判で華々しくデビューさせたことだ。大虐殺に気づくまで八年の歳月が必要だったらしい。最近になっても、国内の不満をかわす目的もあり、南京関係の本や映画を作り続け世界にばらまいている。尖閣での中国漁船衝突では、世界に向かい日本の謝罪と弁償を激しく言い立てた。日本は我慢を重ねるだけだ。そして時折、堪《たま》りかねて満州事変、国連脱退、真珠湾攻撃などと大爆発する。両極端しかない国となり果てている。「徳を行っていればいつか世界は分ってくれる」は誤りだ。世界のほとんどを占める徳なき人々に徳は通じない。我が国の立場を全世界に国際語の英語で発信する必要がある。大規模な国際広報局の創設が急がれる。

（二〇一一年一月一三日号）

さあ困った！

平成二一年の春、お茶の水女子大を定年退職した私のために、かつてのゼミ生が数十名集まって祝ってくれた。驚いたのは二十六歳から三十六歳までの参加者のうち約三分の二が独身ということだった。

私の圧倒的魅力を未《いま》だ忘れられずにいるのかとも思ったが、実際は単に結婚したがっていないようだった。結婚しても産まない人はいくらもいるのに、三人以上の子持ちは見当らなかった。学生時代の彼女達には「君達のような才色兼備の人こそお国のためにどんどん産んでくれ」と言っておいたのにだ。

統計によると現在、三十歳女性で出産経験のない人が五十％を超えている。このせいもありここ五年間の出生率は一・三四ときわめて低い。人口維持に必要なのは二・〇八だからある時から急激に人口が減少することになる。

さらに別の統計的予測では、現在二十歳の人々のうち、生涯独身を続ける者が四十％に上るだろうという。こんな状態が百年も続けば人口は半分以下の五千万人程度になるだろう。国土が小さく山ばかりで農業立国はもともと無理だが、この人数では労働力不足で工業立国も難しくなる。かと言って米英のような金融大国になろうと思っても、卑怯《ひきょう》を嫌い惻隠《そくいん》を旨《むね》とする日本人では、金のためなら何でもありの諸外国にとうてい太刀打ちできそうもない。日本は立ち行かなくなる。こんなことが頭にあるのか、自民党にも民主党にも、外国人一千万人移民計画を進めようとしている者がかなりいる。世にも恐ろしい考えだ。

万が一そのようなことになったら、移民の大多数は中国人だろう。彼等は得意の産めよ殖やせよであっという間に日本の人口を元に戻してくれる。その代り、その数十年後、日本列島は中国系に過半数を占められることになる。武力を用いずして中国は日本占領を完了してしまう。

外国人一千万人移民計画とは民族浄化への招待状に他ならない。尖閣とかレアアースなどとは次元の違う話なのだ。こんな計画を広言する人間がこの日本にいる、ということ自体が驚異であり脅威なのだ。少子化という現実を認めた上でどうしようではなく、知恵をふりしぼり少子化を食い止めなくてはならない。それは経済回復へ向けた本質的かつ最強の一手でもあるのだ。

実は偉そうなことを言う私のお膝元《ひざもと》でも三十歳を頭とする三人の息子が一向に結婚しない。「どこの誰でもいいから結婚してもらい、じゃんじゃん産め、お国のためだ」と言うのだが聞く耳を持たない。私がアメリカへ行く時に「毛唐との結婚だけは許さんぞ」などと言っていた父に比べ、私の寛大さには頭が下がるほどだ。なのに息子は動かない。もてないのだとしたら私の責任だ。「結婚や出産は個人の自由だ」などと考えているとしたら、浅薄な舶来思想に染まっている女房のせいだ。いよいよ救国のため私自身が立上がる時が来たようだ。女房に「祖国への最後の奉公としてこれからじゃんじゃん子供を作るぞ」と宣言したら、「頑張って下さいね、外で」と励ましてくれた。

浅薄だがよくできた女房だ。さあ困った。

（二〇一一年一月二〇日号）

# 第四章　人間の幸福は富ではない

## 国民が育てる

安倍政権では閣僚が次々にヘマをおかした。佐田行革担当大臣が事務所経費問題で辞任、松岡農水大臣が自殺、代った赤城大臣がバンソウコウをつけて辞任、久間《きゅうま》防衛大臣が失言で辞任と続いた。どれもつまらぬ理由だが正義の御旗をふりかざすマスコミは、彼等を連日責め立て辞任に追い込んだ。

その結果、安倍政権は参院選挙で大敗し一年足らずで瓦解《がかい》した。この内閣は歴代自民党政権が成し遂げられなかった、教育基本法改正、防衛庁の省への昇格、改憲をにらんでの国民投票法制定と大仕事を矢継早に成し遂げたが、マスコミがほめることはほとんどなかった。

麻生内閣もリーマン・ショック後の大危機の中、生活者や中小企業への財政支援で健闘したが、マスコミは漢字の読み違えや、中川財務大臣の「もうろう会見」を、これでもかと流し嘲笑《ちょうしょう》し続けることで内閣を潰《つぶ》した。首相の経済政策や中川大臣の卓抜な見識を称揚することはついぞなかった。

どんな人間も欠点だらけだし、どんな発言にも勇み足や舌足らずがあるから、ケチをつけるのは安易かつ安全だが、ほめるということは自らの思想をさらけ出すこととなり危険なのだ。そして何よりマスコミにとって、政治家をほめても視聴率はとれず売上げも伸びないが、スキャンダルは御馳走《ごちそう》なのだ。

菅首相は韓国併合百年の節目とかいうことで、まったく不必要な談話を発表し、一九六五年の日韓基本条約で解決ずみの諸問題を蒸し返した。尖閣ではビデオテープを公開せず、日本人四人の身柄拘束とレアアースの輸出差し止めで脅されたとたんに体当り船長を釈放した。腰抜け外交だった。その少し後の胡《こ》主席との会談では、領海侵犯を難詰《なんきつ》し、尖閣が日本領であることを正面から見据えて諄々《じゅんじゅん》と諭す、と思っていたら顔も上げられずメモを読み上げるのみだった。国辱的光景だった。

ところが師走《しわす》になって大ヒットが二つ飛び出した。

一つは新防衛大綱だ。民主党に防衛政策なし、と批判してきた自民党さえできなかった、鮮明な対中シフトを発表したのだ。南西諸島を念頭に、潜水艦を四割増、那覇基地の戦闘機部隊を五割増、与那国島に沿岸監視部隊を置き、イージス艦を四隻《せき》から六隻にするというものだ。中国は「調子に乗りすぎた」とほぞをかんでいるだろう。

もう一つは科学技術予算の増額だ。六年間にわたってなされてきた国立大学交付金の減額を中止し、科学研究費を三割も増額した。削減オンパレードの中での首相裁断は、科学技術力に頼るしか生きる道がないという強い意志表明だ。科学技術という希望の灯を消さなかったことは、研究者ばかりでなくノーベル賞やはやぶさに感動した国民への思わぬクリスマスプレゼントであった。

政権について半年、ようやく菅首相は悟ったのだろう。財務省や財界がお国のためを口にしながら自らの利害しか頭にないことを。外国人参政権、TPP、外国人一千万人移住、などが大地雷であることを。バラマキで選挙民や国民の機嫌をとることがいつか国民を苦しませることを。

中国に対する腰抜け外交も、普段は能天気な日本人を大憤慨させることで東アジア共同体、日米中正三角形論、日中友好などという幻影を一掃したという点で彼の大功績だ。

全マスコミ全国民は功績をほめ称《たた》えてよい。首相は国民が育てるものだ。

（二〇一一年一月二七日号）

## ビリー・バンバン

暮れから正月にかけての楽しみの一つはなつかしのメロディーである。昭和四〇年代の頃から、我が家では皆でこれを見るのが大晦日《おおみそか》の楽しみだった。あの頃は東海林《しょうじ》太郎、藤山一郎、淡谷のり子、ディック・ミネ、霧島昇といった戦前の歌手が皆健在だったから、父や母も、音をかなり外してはいたものの、嬉《うれ》しそうに一緒に歌っていた。父が好きなのは東海林太郎の「国境の町」、竹山逸郎の「異国の丘」、岡本敦郎《あつお》の「白い花の咲く頃」などであった。前の二つは辛《つら》かった抑留生活、後のものは幼い頃の思い出とからまっているらしく思い入れたっぷりに歌っていた。母は藤山一郎の大ファンだった。二人の歌は私にとって雑音でしかなかった。

戦中、戦後の歌手としては二葉あき子、高峰三枝子、並木路子、奈良《なら》光枝、近江《おうみ》俊郎《としろう》、岡本敦郎など、一番若い所で春日八郎、三橋美智也、美空ひばりなどが常連だった。放映は東京12チャンネルで司会はコロムビア・トップ・ライトだった。中学生の頃から恋い焦《こ》がれていた奈良光枝が登場すると、私はテレビ画面に向かって何枚もシャッターを切るという具合だった。

彼等のほとんどが故人となったことに、時々愕然《がくぜん》とすることがある。「何たること」と思う。今も同様の番組があるが、新しい歌手が多いから何か仕事をしながら聞き流す程度だ。一九七〇年代までの歌手が出た時だけテレビの前に行く。

先日、何かに目を通していたらいきなり琴線に触れるメロディーが流れ、反射的にテレビに走った。ビリー・バンバンが「さよならをするために」を歌っていたのだ。一九七二年の曲だ。「過ぎた日の微笑《ほほえ》みを　みんな君にあげる……過ぎた日の悲しみも　みんな君にあげる　あの日知らない人が　今はそばに眠る……」。

あの頃、二十八歳だった私は博士論文を執筆しながら、アメリカ渡航の準備にとりかかっていた。若き数学者としてアメリカに殴り込もうと意気軒昂《けんこう》だった。なのに心に慕う人がいて悶々《もんもん》としていた頃でもあった。ビリー・バンバンの哀愁を帯びた歌を聴くうちに、あの時の葛藤《かっとう》や苦しみが一気に胸に溢《あふ》れた。

私は早速、ビリー・バンバンのもう一つの曲「白いブランコ」をCDで聴いてみた。「君はおぼえているかしら　あの白いブランコ……日暮れはいつも淋《さび》しいと小さな肩をふるわせた　君にくちづけしたときに　優しくゆれた　白い白いブランコ……」だ。

これはアメリカに渡り、初期の猛烈な勉強、ミシガンの暗く長い冬に入ってからの虚脱と激しい郷愁、を経た後の春によく歌った曲だった。五月の当地は夜九時まで明るい。夕飯後に私は、なぜかいたたまれないような気分に襲われて、久しぶりの目を洗うような緑の中を、一キロほど離れた小学校まで歩き、校庭のブランコに揺れていた。

誰もいない校庭で、人を酔わすような春宵《しゅんしょう》のそよ風を全身に感じながら「白いブランコ」を歌っていた。生涯で一番美しく、また淋しい春だったかもしれない。あの小さな肩が恋しかった。

当地の女性の肩はみな大きく、くちづけをしたら向うでなくこちらが揺れそうな人ばかりだった。日暮れを淋しいと感じる人もいそうになかった。あの人が、日本が恋しかった。曲を聴いているとあの春の黄昏《たそがれ》に滲《にじ》んだ若き自分の姿が見えた。目を潤《うる》ませていたら、愚妻が「同じ曲を何回聴けば気がすむの、気持悪い趣味ね。

これから恒例のN響の第九が始まりますから」と言うや、さっさとテレビをつけてしまった。「さよならをするために」にある、「あの日知らない人」であった。

（二〇一一年二月三日号）

## 命懸《が》けで考えずして

数学とは長時間考えるという苦しみに耐える学問である。解けないという不安、焦燥、欲求不満、劣等感に耐える学問なのだ。その報酬として、解けた時の「鋭い喜び」がある。

中学生か高校生の頃、図形の問題を考えに考えて、とうとう一本の補助線を発見し一気に解決した時の、何とも言えぬ喜びは多くの人の共有する所だろう。他のいかなる喜びとも違う、「鋭い喜び」だ。苦しい思考の末に「鋭い喜び」があるということを知るのが数学を学校で教える大きな理由の一つだ。この喜びを知らないと、一ヵ月のあいだ昼夜を通して考え抜く、などという苦痛に人間は耐えられない。自信を持って火の玉の如《ごと》く考え続けることができない。

今日、日本は八方塞《ふさ》がりのどん詰まりにある。総崩れの状況と言ってよい。全《すべ》ての人々は「どうにかしないと」と思っているがどうにもならない。学校は荒れ、生徒の学力は近年の最低水準にある。社会は親殺し、子殺し、理由なき殺人とかつてなかった事件が多発し、少子化は止まらない。経済は失われた二十年になろうとするのに、政府は一つ覚えの緊縮財政だからいつまでも立ち直れない。このため自殺は十三年連続で三万人を超した。国体の要《かなめ》たる農業は衰退するばかりで今またTPPという大愚行で息の根を止められようとしている。外交も防衛問題も山積みだ。我が国は独立国の気概を持たずすべてアメリカ頼りで思考停止だ。苦しい思考を忌避しているのだ。誰もがこの国をどのようにすべきかと命懸けで考えていない。主役たる政治家は火水木金は東京で政争に明け暮れ、ひっきりなしのケータイに追い回され、土日月は選挙区で地盤固めに走り回る。勉強時間もなければ構想を練るために沈思黙考する時間もない。頭にあるのは気紛れな世論の動きと次の選挙ばかり、反射神経だけで生きている。

国政を助けるべき官僚は官叩《たた》きという愚劣な風潮に気力を失い、姑息《こそく》な省庁利益を追うばかり。経団連などは国家を口にしながら胸の内は自分達の利益だけだ。頭の軟かい学者は時流に乗ってくるくると豹変《ひょうへん》し、頭の硬い学者はイデオロギーにとられている。共に役立たずだ。

戦後民主主義で個人プレーが疎《うと》んじられた結果、日本は会議ばかりの国となった。政策立案のための審議会や諮問委員会だけでも星の数ほどある。山本夏彦《なつひこ》氏はかつて「三人寄れば文殊の智恵《ちえ》は嘘だ。バカが三人寄れば三倍バカになる」と喝破した。画期的アイデアが会議で得られることはまずない。特別の能力のある個人が何週間、何ヵ月も呻吟《しんぎん》した末にようやく得られるものだ。会議はせいぜい、そのアイデアの思わぬ穴を埋めることくらいしかできない。

だからこそ数学者は会議により問題を解かないし、作家は会議により小説を書かないのだ。実際、会議は誰も責任をとらなくてよいためのシステムと化している。堂々たる国家戦略が出てこないのもむべなるかな。


（二〇一一年二月一〇日号）

## みんなの好きなスローガン

人はスローガンが好きだ。アメリカなどは建国以来二百三十年も「自由と平等」を金科玉条として崇《あが》め、それを世界に広げることを天与の使命のごとく考えてきた。ところが毎月どこかで銃の乱射が起きているのに、銃保有の自由があって取り締れない。平等の方だって全米で五千万人が医療保険に入っていないほどだ。自由と平等の達成には二百三十年では足りないのだろう。ルーズベルト大統領は「日本から先に発砲させる」ため鉄や石油の禁輸、在米日本資産の凍結などあらゆる工作を行っていたことを隠し、「リメンバー・パールハーバー」で国民を煽《あお》った。オバマ大統領は「核なき世界」と演説し世界を熱狂させ、ノーベル平和賞までもらった。その後二年近くかけてやったことは、米ロ間で配備ずみの戦略核を七年以内に三割減らすというものだけだ。未配備のものを合わせると全体の一割に過ぎない。それに実戦で使われやすい戦術核はそのままだ。人類を五十回皆殺しできたのを四十五回に減らしたという程度のものだ。

堅実で論理的と言われるドイツ人だってスローガンは大好きだ。ヒトラーの頃は「ドイッチラント・イーバー・アレス（世界に冠たるドイツ）」「一つの民族、一つの帝国、一人の総統」「ハイル・ヒトラー」などと他愛《たわい》なく熱狂した。我が日本人はどうか。これがまた輪をかけて好きなのだ。戦前は「満蒙《まんもう》は生命線」「一億火の玉」「欲しがりません勝つまでは」「鬼畜米英」などと力んでいた。小泉政権とはスローガン政権だった。「グローバリズム」「ボーダーレス社会」「自由競争」「規制撤廃」「構造改革」「バスに乗り遅れるな」「改革なくして成長なし」「郵政改革に命をかける」「汗をかく者が報われる社会」などと限りない。

すべて経済不況克服の起死回生の一手のごとく言われたが、どれもアメリカからの「年次改革要望書」に唯々諾々《いいだくだく》と従っていただけだ。結果はどうだったか。二〇〇一年からリーマン・ショック前まで、先進国は軒並みGDPを毎年五％以上も伸ばしていたのに日本だけが取り残された。世界が夢見て作れなかった一億総中流社会も潰《つい》え、格差ばかりが広がった。「プライマリーバランスの均衡を図る」などと言いながら、緊縮財政をとったから却《かえ》って財政収支を大幅に悪化させた。失業率は大いに上がり、汗かく者まで死に追いやられる自殺大国となった。政治家や官僚ばかりでなく、ほとんどの新聞、テレビ、何より国民までがこれらスローガンにうっとりし喝采《かっさい》を叫んだ。今また降ってわいたTPPを、オールジャパンで「第三の開国」などと言い陶酔している。アメリカや財界からの強い要求があることも、「バスに乗り遅れるな」が出てきていることも小泉構造改革でよく見た光景だ。TPPは単なる関税問題ではない。構造改革すなわち第二の敗戦の総仕上げであり、東アジア共同体などと同様、経済問題を超え日本を沈没させかねない妖怪《ようかい》だ。闇雲《やみくも》の「改革」は「改悪」に、自主防衛すらできない国の「開国」は「亡国」につながる。スローガンには思考停止作用のあることにそろそろ気付いてもよい。

（二〇一一年二月一七日号）

## 雪を見ていると

東京に久しぶりの雪が降っている。二月半ばの初雪というのは子供の頃の東京に比べてかなり遅い。新潟や富山の人に聞いても昔に比べ積雪は半分以下と言うから、日本全体が暖かくなっているのだろう。

小学校一年生の頃だったか、茶の間のこたつに脚を入れたまま、仰向《あおむ》けになって窓の外を見ていたら、身体《からだ》がどんどん上に登って行くような感覚にとらわれた。雪見をしようと私の頭の横に立った父にこの上昇感を話すと、「お父さんも子供の頃そういう格好で雪を見ていると空を駆け上がって行くように感じたもんだよ」と、雪を見上げたまま言った。「どこか遠くへ行ってしまいそうで恐いくらい」と言ったら、父は「お前もそうか。親子とは面白いもんだ」と今度は足下の私を見て笑顔で言った。

この上昇感に関する次の記憶は父の一周忌の帰りだった。昼間から厳しい寒さだったが、会が終了して外へ出るとすっかり暗くなり激しい雪に変わっていた。東京には珍しい吹雪だった。父が見ることのできなかった長男を背におんぶした女房と無言のまま家へ向かっていた。私は未《いま》だ父を失った虚脱から立ち直れないでいた。長男をすっぽり覆《おお》ったピンクとベージュの千鳥格子《ごうし》の毛布が、傘の前後左右から吹きこむ雪ですっかり白くなっていた。「それにしても凄《すご》い雪だ」と独り言をつぶやきながら傘を少し後ろに傾け街灯に照らされた雪を見上げていたら、間もなくあの上昇感が始まった。父と交した会話を恐らく三十年ぶりに思い出した。たまらなくなって女房に話したら「そう」とだけ言った。長男が凍え死ぬかと心配しながら一刻でも早くと、積もり始めた雪に足をとられぬよう家へと急いだ。

年齢とともに雪空を見上げることは少なくなったが、この上昇感の次の思い出は長男が七歳の時だった。

イギリスのケンブリッジに住んでいた頃、長男と次男は道に面した二階のベッドルームで寝ていた。上下に押して開閉する窓は下半分が曇りガラス、上半分が透明だった。前夜からの雪で路面も悪かろうと小学校に通う息子達をいつもより早めに起こしに行くと、もう二人とも起きて窓の外の雪を眺めていた。この時、長男が「パパ、パパ、雪を見ていると身体がふんわりと浮き上がって行くみたい。ちょっとここから見て」と言った。ベッドに手をつき長男の頭の隣りに私の頭をおいて眺めるとまさしくその通りだった。「そうか、お前も気がついたか。実はパパも小さい時こたつにあたっていてそれに気づいたんだよ。ちょうどそこに君達のおじいちゃんが来たのでそのことを話したら、おじいちゃんも小さい頃同じことに気づいたんだって。おかしなものだな、親子三代で同じこと感じるなんて」と私が言った。「本当にへんだね」。長男はうれしそうに目をくりくりさせた。恐らく私の方がうれしかっただろう。いつの間に風が出たのか雪片を窓に叩《たた》きつけていた。

（二〇一一年二月二四日号）

## 声高の正義感

中学生時代に、卓球部の花形として鎌倉市の大会でシングルスとダブルスで優勝した、というのが女房の自慢だ。新婚の頃にお手並拝見と近くの卓球場に彼女を誘った。私も中学生の頃、毎日の昼休みは卓球に興じていたから腕に自信があった。二十一点先取の三本勝負で私が二勝一敗で勝った。女房は「中学校卒業以来、十年間もピンポンに触れていなかったから」と負け惜しみを言った。「鎌倉のレベル、ちょっと低いんじゃない」とからかったのがいけなかった。土下座する破目になった。

だから大学時代にテニス部だった彼女とテニスの試合をする時は、本気を出さぬようにいつも心懸けている。新婚ホヤホヤで土下座だから今なら打首だろう。単純な女房は私より強いと信じている。ただ家族もテニス仲間も皆女房の方が強いと信じているのは残念だ。片八百長が見事すぎたのだ。

相撲界は、野球賭博《とばく》が終ったと思ったら今度は八百長騒ぎだ。野球賭博の方は競馬、競輪を始め株やジャンケンだって広義の賭《か》け事だから、暴力団の介在を除きさしたる問題はない。無意味な大騒ぎをしたマスコミも今は誰も口にしない。

八百長の方だが、片八百長と本八百長を区別する必要がある。まず片八百長はどうにも致し方ないもので諦《あきら》めるしかない。千秋楽である力士が八勝六敗、相手は七勝七敗でこれに負ければ十両転落とする。前者が心やさしい私のような人間だったら、負けてやろうと思わぬまでも、激しい闘志を燃え立たせる気にはとてもなれないだろう。勝負の世界は厳しく、闘志をフルにかき立てなければ必敗だ。片八百長となる。野球でも、八対〇の勝ち試合の九回、勝利目前の投手が、打撃ふるわず解雇瀬戸際《せとぎわ》にいる高校野球以来の親友に、のけぞらせるような内角球や空振り狙《ねら》いのフォークを投げる気にはならないだろう。金をとり真剣勝負を見せるのがプロだから無論手加減は許されないことだが、人対人の勝負である以上どうにもならないこともあるのだ。

一方、申し合わせによる本八百長は絶対にあってはならないことだ。金銭の授受など論外中の論外だ。そこで今、世間は「相撲界の膿《うみ》を出し切り再出発せよ」と怒号する。危いことだ。膿を出し切ることは不可能だし、そんなことを本気でしたら『角を矯《た》めて牛を殺す』ことになる。すでに本場所再開の目途《めど》さえ立っていない。このままでは入門を目指す若者もいなくなってしまう。

そうなったらおしまいだ。相撲は昔からの神事であるうえ、今では海外でもテレビ放送され世界遺産のごときものだ。この国技を守るのに必要なのは、過去を掘り起こし膿を出し切るという、過去に向かっての小児病的な正義感ではない。まずはこれまでに山程あったはずの八百長をすべて免罪とする度量だ。そして今後二度と本八百長の起こらぬような制度を作るための、未来へ向かっての建設的な知恵だ。声高の正義感ほど胡散《うさん》くさいものはない。

(二〇一一年三月三日号)

## 「絆《きずな》」を取り戻せ

ある企業戦士がいた。彼は会社のため全力で仕事に邁進《まいしん》した。家族も構わず頑張った甲斐《かい》があり、会社では順調に出世した。唯一《ただひと》つの楽しみは停年後に、長年放っておいた妻と海外旅行に出ることだった。やっと五十代で停年となり、これから楽しもうと思っていた矢先に彼を襲ったのは妻からの離婚の申し出だった。その後は妻ばかりか子供達まで遠のいてしまった。家族を顧みなかったことを悔いたが、すでに遅かった。貯蓄はあるものの身寄りのなくなった彼は、老後を考え早々と老人施設に入った。そして誰も供養《くよう》してくれそうもない死後を考え、どこかのビルに納骨箱を予約した。彼は今、自分の人生とは一体何だったのかと沈みこんでいる――。

というのが先日見たドキュメンタリー番組の一挿話だった。

先日、一週間近く沖縄に滞在した。現地の人々と親しく交わる機会が何度かあった。ある人は私との夕食に家族一同を引き連れてきた。別の人はソフトボールをする姪《めい》がスカウトされて本土の高校へ行ったと自慢した。家族の絆がまだ力強く息づいているのを知り、ほのぼのとした気持になった。ふと、数年前に石垣島の高校野球の選手がドラフト会議で指名された時、「指名を受けますか」とレポーターに聞かれ、「じいちゃんに聞いてみないと分らない」と答えたのを思い起こした。感激したので覚えていた。

またある人は、ここ沖縄では誰か困っている人がいると家族、親戚《しんせき》、仲間などが助けるという。かつての本土もそうだった。また、南国特有のゆったりとした時の進み方や家族の絆のためであろう、沖縄出身の若者は内地へ勉学や就職のために行っても、再び沖縄に戻ることが比較的に多いらしい。また出生率も全国一高いから過疎化どころか人口は増加している。

今、我が国には急速な少子化を憂える余り、外国人を一千万人移住させろ、などというとんでもないことを主張する人も多い。少子化問題の本質は「少子化が進んだ時にはどうするか」ではなく「少子化を食い止めるにはどうするか」なのだ。沖縄が範を示しているように家族や親戚、仲間の絆を取り戻すことだ。戦後、占領軍に吹きこまれた、「家族より個人」とか「長子相続否定」などが家族制度を根こそぎにした。

幕末から明治にかけて訪日した多くの欧米人は「日本人は貧しい。しかし皆幸せそうだ」と言った。これは裕福イコール幸せ、貧乏イコール不幸、という価値観の欧米人にとって衝撃だった。ボロに身を包みながらも人々が幸せそうに輝いていた原因は、この絆にあったのだ。この紐帯《ちゅうたい》がどんな苦境にある人をも孤独に追いこまなかったのだ。人間の幸福は富でなく「絆」にあるということを日本は世界で初めて証明した。今大切なことは、気の毒としか言いようのない欧米の価値観から脱却し、「絆」を取り戻すことだ。少子化問題、老人問題を一気に解決し、幸せな社会を作る切札となろう。

（二〇一一年三月一〇日号）

## 気を感知する力

長い原稿に七転八倒となると、責任感の強い私は自主的に京都のホテルに缶詰となる。京都を選ぶのは余暇に名刹《めいさつ》廻りをしようというのではない。実際、余暇はまったくない。朝食前の六時から仕事を始め、三度の食事をはさみ夜十時頃まで書き続ける。京都をわざわざ選ぶのは、ここが「気」の集積地、すなわちパワースポットのはずだからだ。

千年以上も続いた御所こそは、当時最高の風水師が調べぬき選びぬいた末の地に違いないからだ。それに邪気は鬼門に立つ比叡山延暦寺《ひえいざんえんりゃくじ》が防いでくれる。そのせいか東京で一日せいぜい五枚の原稿がここでは十枚も進む。高いホテル代を意識し脇目《わきめ》もふらず頑張ることもあろう。私の挙措を下品と誹《そし》り人格を低劣と貶《おとし》める女房から五百キロ離れることで、その強烈な邪気から解放され、本来の自由闊達《かったつ》天衣無縫で汲《く》めどもつきぬアイデアを取り戻すこともあろう。しかし一番は何と言っても、気を全身に浴び集中力が高まることだと思う。幼少時の食料難で刷り込まれた浅ましい食欲、先天性欲情魔とも評される底無し無限の性欲、すら失《う》せるほど仕事に専念できるのだから余程の気なのだ。

　帰宅して戦果を報告すると女房は一応素直に喜んでくれるがすぐに我を取り戻し、「そもそも京都じゃないと仕事がはかどらないなんてぜいたくよ」などと家計を言う。そして「そもそもあなたは鈍感で気なんて感じないじゃない」と付け加える。確かに二人で散歩する時など「この道を行くのは止《や》めよう」と女房が言い出すことがよくある。気の流れが悪いようなのだ。

　大分の由布院温泉のある老舗《しにせ》旅館へ行った時だった。門をくぐった瞬間、女房が「わあ、ここはすごく気持いい空間」と嘆息を洩《も》らした。背の高いモミジの大木と垣根で囲まれた普通の庭としか思っていない私に、「ほら、この何とも言えない空気」と言うのだがピンとこない。翌日、宿を出る時に女将《おかみ》にそのことを話すと、「実はここは風水上すごい所なんです。お客様で感ずる方がほんの時々ですがいらっしゃいます」と言った。沖縄で斎場御嶽《せいふぁーうたき》と呼ばれる場所を訪れた時は、車を降り林の中に足を踏み入れると間もなく「わっ、ここ何だかぞくぞくする感じ」と言った。数十メートルほど先に進み説明板を読むと、ここは琉球《りゅうきゅう》王国開闢《かいびゃく》の神が降り立った聖地であり、聞得大君《きこえおおきみ》と呼ばれる最高神女の即位が行なわれる場所であった。私には単に鬱蒼《うっそう》とした森にすぎなかった。地元の人にその経験を話すと「あそこは本当の気持を言えば観光にさらしたくない霊地で、実はやんごとなき方もお忍びで来られた所なんです」と言い感心していた。

風水とか気が現代科学でどう扱われているのか知らないが、気を感ずる人間がいるのだからそこには何かがあるのだろう。気を感知する力はいわゆる感受性とは異なるようだ。多感多情多恨の私が明瞭《めいりょう》に感知できず、無神経無鉄砲の女房が強く感知するからだ。気には邪気がよく反応するのだろう。

（二〇一一年三月一七日号）

## カンニング対策

カンニングは古今東西、試験のある所にはつきものの不正行為と言ってよい。日常茶飯だから普通大事にはならない。私もアメリカにいた頃、酷似した一対の答案を見つけ、学生を呼び出したことがある。カンニングは即退学だ。ともに百九十センチ百キロはありそうなフットボール選手で狭い研究室が一杯になった。一瞬恐かったが、当然ながら向うの方がもっと恐がっていたから、厳しくとっちめた後、武士の情で解放してやった。

最近、京大入試で携帯を用いたカンニングがあった。通常は監督官あるいは大学が内々に失格などとしてすますものだが、インターネット利用という大胆新奇間抜けな手口だったから騒ぎとなった。股《また》にはさんだ携帯を左手で素早く操作し、種々の記号を用いる数学問題を送ったというから達人だ。

本人特定は容易なのに有為な少年を警察に訴えたというのは、大学の行き過ぎであり監督上の手落ちを糊塗《こと》するようで見苦しかったが、かと言って監督不行届きを責めるのは少し酷だ。大学であれ高校であれ、教育機関とは基本的に自校学生や自校受験生に対し性善説をとっているからだ。彼等への信頼と愛情がなければ教育は成り立たない。入試だって教育の一環なのだ。スーパーが買い物客を万引防止カメラで監視するようにはいかない。

温情あふれる私は試験監督者として役立たずだったかも知れない。ある年のセンター試験で数学の答案を集めた後、皆が肩を落としているのを見て可哀《かわい》そうになり「今年の数学は例年より難しいようですから、失敗しても気を落とさず午後の試験で頑張って下さい」と励ました。夕食時に息子達に話したら「そういう言葉をかけられなかった全国の受験生が不利になる」と総攻撃された。ある時は、試験終了十分前にまだ答案に名前を書いてない者を発見したので全員に注意を喚起した。終了五分前になっても名前はない。このままではこの子は〇点となり一年を棒にふる、と焦《あせ》った私は思わず「まだ名前を書いてない人がいます。確認して下さい」と彼女を見つめつつ再度全員に促した。祈るような気持で見ていたが、彼女一人だけは一心不乱に問題に取り組んだままだった。

学生を信ずる私だから受験票の写真と本人の照合も苦手だった。替え玉かどうかを疑うこと自体が恥ずかしかった。それに三ヵ月前にとった写真と当日の本人とは、制服がラフなセーターに変わったり、お下げ髪がアップに変わったり、眼鏡がコンタクトに変わったりしていて識別が難しい。そもそも受験生は顔を下に向けているから見にくい。もっとも職務に忠実な教官もいた。彼はしっかり義務を果たそうと、一人一人の受験生の机の横にしゃがみこみ、顔を下から覗《のぞ》きこんでいた。受験生は女子ばかりだから、変なおじさんの顔がいきなり答案の横にヌッと出て面食ったであろう。セクハラまがいと言える。ここまでしても替え玉防止はできない。カンニングの完全防止は不可能なばかりか不必要だ。教育機関として弊害の方が多くなる。我が国独特の「汚いことはするな」を幼い頃から徹底的に叩《たた》きこむことだ。

（二〇一一年三月二四日号）

## 努力は必ず報われる

何事につけても、懸命に努力するのが私の身上だ。高校受験の時には、中三の十二月まで遊んでいたが一月と二月は必死に勉強した。大学受験の際は、高三の五月中旬にサッカーのインターハイ予選で負けたのをきっかけに猛然と勉強を始めた。生来の怠惰である私は、目的を達成するのに最低どれだけの期間が必要かを綿密に計算し、ぎりぎりまでのんびりしていて、その期間に入るや阿修羅《あしゅら》のように頑張るのだ。期末試験などでも同じようにした。

毎年、春に定期健診を受けることにしているが、これも一種の試験だから同様だ。この対策には二週間を要する。弛《たる》んだ身体《からだ》や濁った血液は一週間程度では是正できないからだ。そこでまた身上の努力が始まる。日課である七キロの散歩を十キロに増やし、健診の三日前からは十二キロにまで増やす。しかも途中で両腕を大きく振ったり速歩を取り入れたりする。食物の方も、朝はフルーツとヨーグルトのみとし、夕食のデザートはとらないようにし、天ぷらやフライの衣はていねいに箸《はし》ではがし、鶏《とり》の皮もはぐ。炭水化物は厳禁だ。健診日は必ず月曜か火曜を指定し、直前の土曜と日曜にはテニスをする。

この努力は必ず認められる。毎年の血液検査において、私の年齢ではほとんどいないというオールAをいただくからだ。そして、努力は報いられる、という私の信条がさらに確固たるものになる。

女房はこの成果を賞讃するどころかバカバカシーと言う。努力した結果を見せても仕方ない、普段の状態を見せないと意味がないと言う。「正しい意見」だ。我が家では、「正しい意見だね」と誰かが言うと「正しいけど陳腐な意見だね」という侮蔑《ぶべつ》の意味合いをもつ表現なのだ。私としては、普段は十時と三時にコーヒーとおやつをとるなどのびのびと生活しながらも、二週間の努力でオールAになる程度にしておく、というのが精神と肉体の両面から考えてベストと思うのだ。女房のように週二回のテニス、週一回のゴルフレッスン、月一回の登山とゴルフ、というヒマがあれば健康維持に何の努力もいらないのだ。

健診前の努力は私だけかと思ったらそうではなかった。私の恩師にあたる数学者はある時、「血糖値が高いので健診前三日間はほぼ絶食をする」と笑いながらおっしゃった。横にいた夫人がやはり「バカバカシー」と愚妻と同じことを言われた。恩師は十年後に糖尿病となりその十年後に亡《な》くなられた。女房は「数学者は子供じみている」と日頃から言う。私自身は実に誠に成熟した人間だから、恐らく私の友人である日英米の数学者達を見ての感想だろう。ところが子供じみているのは数学者だけではないのが判明した。昨年会った四〇代の心臓専門医が、私の愚行を告げ口した女房に「実は私も定期健診前一週間は、自宅の居間に置いたフィットネスバイクを毎日一時間ずつこぐんです」と言ってニヤッとした。専門医でさえそうなのだ。やはり私は、いつものことだが、正しかったのだ。女房は悔しかったのか帰宅後「男って気が小さいのよ。女でそんなバカをする人は一人もいないわ」と言った。

（二〇一一年三月三一日号）

# 第五章　世界が感嘆する日本の底力

## 日本の底力

東日本大震災における避難民の動向や原発の一進一退に、日本中が暗いムードに包まれている。この暗鬱《あんうつ》の中にも「日本人」を感じさせる光景が至る所に見られるのは心強い。民族のすぐれた資質が各所で十二分に発揮されているからだ。

地震直後から全国で救援募金が始まったし、不足する物品が続々と被災地に届けられている。芸能人やスポーツ選手までができる限りのことをしている。全国からボランティアが駆けつけている。地元は県、市、町、村を挙げて救済に立上がっているのはもちろん、被災しなかった近県の人々は避難者を受け入れている。東京のホテルで手を差しのべるところがあれば、東北の人々には半額割引などという温泉ホテルもある。

それればかりではない。計画停電に文句を言う人は一人もいないどころか、日本中が節電に協力している。東京の夜はどこも明るさが半分になっている。我が家でもできるだけのことはしようと寝室の暖房と手洗いのウォシュレットの電源を切った。実行してみれば大したことはない。小学生の頃、我が家の暖房は茶の間のこたつ一つだけだったし、冷え冷えとした和式便所では新聞紙を使っていたし、町の灯は暗い今よりはるかに暗かったからだ。

被災地付近の人々の協力はほとんど狂乱的と言ってよい。家族を津波で失いながら、生き残った者が救援活動をしていたりする。自衛隊や消防隊の大活躍も目覚ましい。決死隊のようだ。中には自身が被災した者もいる。

これらは逐一、海外で伝えられている。イギリスBBC放送のトップニュースは、欧米諸国によるリビア攻撃が始まるまでの一週間余り、連日大地震関連だったという。そして世界は、日本人の忍耐、勇敢、冷静、秩序、献身などに感嘆の声を上げている。他の国々と余りに違うからだ。

それにしても東北は本当に気の毒と思う。昔からちょっとした冷夏になっただけで大凶作にみまわれ、多数が餓《う》え死にした。昭和初期の恐慌《きょうこう》時には食べ物がほとんどなくなり、欠食児童や娘の身売りまでが頻発した。戊辰《ぼしん》戦争では会津、仙台、長岡など奥羽越列藩同盟は、年端《としは》もいかない明治天皇の勅令（偽勅とも言われる）と主張する錦《にしき》の御旗を立てた官軍に、大政奉還がすでにすみ恭順を示していたにもかかわらず、冷酷無比に攻撃され女子供までが殺戮《さつりく》された。そして今回の大地震だ。東北はどこまで苛酷な運命をたどらねばならないのだろう。

テレビで石巻赤十字病院の医者や看護婦などスタッフの不眠不休に近い医療活動を伝えていた。院長は「我々が駄目になったらこの町が駄目になってしまう」と悲壮な使命感を語られていた。この人には面識があった。戊辰戦争において飯盛山で自決した白虎隊《びゃっこたい》唯一《ゆいいっ》の生き残り、飯沼貞吉氏の孫にあたる方である。白虎隊の勇敢や献身が未《いま》だ脈々と継がれている。日本の底力だ。

（二〇一一年四月七日号）

## 花見へ出よう

第二次大戦でロンドンがドイツ空軍に爆撃された時、市民は防空壕《ごう》がわりの地下鉄に逃げこんだ。地上にある自分達の家が廃墟《はいきょ》とされている間、市民は地下鉄の中でユーモアを言って笑い合っていたという。この精神によりイギリスはドイツに降伏寸前まで追いこまれながら頑張り通し、最後には勝利した。

イギリスでの葬式ほど淡泊なものはない。柩《ひつぎ》が運びこまれ、全員で讃美歌を合唱し、牧師が故人の徳を讃《たた》えるくらいで、ものの二十分位で終る。その後で故人を偲《しの》ぶパーティーが開かれても、ワインや紅茶を飲みながら談笑するばかりで普通のパーティーと区別がつかない。この席に招かれたある日本人は、皆とユーモアを言っては笑っていた未亡人に、「御主人には本当にお世話になりました。とても親切で思いやりのある方でした。こんなにも早く亡《な》くなってしまうとは信じられません」

と言った。とたんに彼女は泣き崩れたという。ユーモアとはやせ我慢なのだ。人生の不条理や悲哀を鋭く嗅《か》ぎとりながらも、それを笑い飛ばすことで陰気な悲観主義に沈むのを斥《しりぞ》けようというのである。

先の大地震でも、発生直後から安否を問うメールが次々と英米から私のもとに飛びこんだ。アメリカのユダヤ人教授へは「本箱の本がほとんど落ち、塀の一部が崩れただけで家族全員無事です。神はすこぶる公平のようです。最も安全な国に最も恐ろしい地震を埋め込んだのだから」と返した。返事は「神は公平かも知れない。しかし決して親切ではない」だった。イギリスの学者には「大停電の予告が出たので愚妻と愚息は冷凍庫にある大きな箱のアイスクリームを平らげた」と書いた。彼の返信は「アイスクリームで頭を冷やすとは何とクール（冷たい、格好いいの意）な。原子炉もアイスクリームで冷やせたらいいのにね」とあった。

昨日、二分咲きの桜を見ようと、そばの井の頭公園に行ってみた。例年より花見の宴会が少ないので不思議に思ったら、東京都が自粛を促しているらしい。上野公園も同じという。「花見などで浮かれている場合か」ということらしい。今こそ、花見で浮かれる時なのだ。東北地方の被災者や福島原発で必死の戦いを続けている人々への思いを胸に深く沈め、酔って笑って気勢を上げる時なのである。政府は「要らない外出はしないよう」と言ったが、とんでもないことだ。町へ買い物に出かけ、旅行に出かけ、外食すべきなのだ。皆が家でじっとうつむいているようでは復興のために必要な税収さえ途絶えてしまう。今こそ庶民は全力で消費を活発にし、政府は全力で東北地方を中心に大々的公共投資を断行すべき時なのだ。大震災で挫《くじ》けるどころか、これを十数年続いた景気低迷を一気に解決する契機とするのだ。当面の財源は、増税に頼らずとも国家非常時ということで、覚悟さえすれば捻出《ねんしゅつ》できるはずだ。国民が喪に服していることは被災者のいかなる救いにもならない。人生の、自然の不条理を笑い飛ばすユーモアだ。街へ出よう。花見へ出よう。日本のありとあらゆる天災人災、喜びと涙を見守ってきた桜が今、咲き誇っている。

（二〇一一年四月一四日号）

## 語りかける言葉の力

一年近くもかけて新書を一冊書き上げた。一年近くもかかったのは、日本の近現代史を問い直すという内容なので、東西の文献渉猟に時間がかかった。それにこういったデリケートなものはどう書いても右翼左翼中道から袋叩《ふくろだた》きにあいそうだし、そもそも歴史観を開陳するということは、これまで隠しに隠してきた自らの低級な見識を露呈することだから気が滅入《めい》って筆が進まなかったのだ。編集部からの催促も強烈で、最後の三ヵ月間ほどは大変なストレス下にあった。週一回のテニスばかりか私を慕う多くの美しい女性達との食事も断ち、仕事に明け暮れた。毎朝六時半には書斎にこもり夜まで文献に目を通しては書き続ける、などという生活を長いことしていたら確実に身体《からだ》をこわす。

だから三月下旬に書き上げてからは、いっさい仕事をしないことにしている。舘《かん》山寺《ざんじ》温泉や紀伊の白浜温泉でのんびり湯につかったり、満開の桜を見に地元の井の頭公園に三度も行ったばかりか千鳥《ちどり》ヶ淵《ふち》や京都の醍醐寺《だいごじ》まで行った。字を読まないことにしたから、飛行機や列車の中では、いつものようにガツガツ本を読むことはしない。ぼんやり車窓を眺め、駅弁、アイスクリーム、コーヒーなどを楽しむ。飽きたら居眠りだ。

十日間も怠惰な生活に努め、テニスとゴルフも二度ずつしたから、不死身の私はみるみる健康を取り戻した。千鳥ヶ淵での花見の帰り、愚妻に勧められるままに東急文化村で見た「英国王のスピーチ」という映画はとてもよかった。

一九三六年、エドワード八世はシンプソン夫人との恋を貫く、という格好よくも身勝手な理由で国王を退位した。後を継いだのが弟で吃音《きつおん》症に悩むジョージ六世、現在のエリザベス女王の父君である。海軍軍人であり国王になる心構えなどまったくないのに突然国王となったジョージ六世を待っていたのは、もっとも不得意な演説だった。そこでオーストラリア人の言語セラピストに矯正してもらうことになる。

アカデミー賞作品賞に輝くこの映画は二人の奇妙な友情を中心に描いた作品だが、私が打たれたのはそこではない。ヒトラーによるポーランド侵攻の二日後、一九三九年九月三日に行った国王の対独宣戦布告である。

「我が国は歴史上最も重大で存亡のかかった危機に直面している。余は今、一人一人の英国民の家を訪れ、自ら語りかける積りで話す。……この試練の時に当り、余は国民の冷静かつ断固たる連帯を望む。今後、辛《つら》く暗い日々が待ち受けていよう。戦争は戦場だけに収まるまい。しかし我々は正義を貫き神への大義を果たすのみである。我々がどこまでもこの大義に忠実であり、いかなる任務や犠牲をも厭《いと》わない限り、必らずやいつの日か神の御加護により我々は勝利するであろう。神よ、我々に祝福と御加護を」

私は昭和天皇の終戦詔書を思い出した。

「朕《ちん》は時運の趨《おもむ》く所、堪え難きを堪え、忍び難きを忍び、以て万世の為《ため》に太平を開かむと欲す。……確《かた》く神州の不滅を信じ、任重くして道遠きを念《おも》い、総力を将来の建設に傾け、道義を篤《あつ》くし、志操を鞏《かた》くし、誓て国体の精華を発揚し、世界の進運に後《おく》れざらむことを期すべし。爾臣《なんじ》民、其《そ》れ克《よ》く朕が意を体せよ」

国王も天皇もラジオで国民に語りかけた。国王の言葉で英国民は辛い戦争を耐え抜き勝利し、天皇の言葉で日本国民は準備していた本土決戦を諦《あきら》め一斉に武器を置き、復興に力強く立ち向かい奇跡の復興をなしとげた。

今回の大震災でも今上陛下は語られた。真の国家危機において、必要なのは国民の覚悟である。そんな時に、覚悟を国民に促す強い言葉を直接語りかけてくれる人を持つ国は幸せと思う。

（二〇一一年四月二一日号）

## 二次被害を防ぐ

本を書き上げると、いつも晴れ晴れするのだがどうもそうならない。疲れを癒《いや》そうと二ヵ所の温泉に五日間ずつ滞在し、桜を見に地方へ一度、東京で五度行ったがだめだ。春なのに浮き浮きしない。むしろ陰々滅々たる気分だ。

春に多い鬱《うつ》かと思ったが、私はもともと春には物思いに沈むより発情するほうだ。更年期鬱かと怪しんだが、我が家のヘルスメーターは私の肉体年齢が五十二歳であることを明示している。精神年齢の方は一回り若い女房に「子供っぽい」とか「幼稚」とよく言われるほどで、若さにはさらに自信がある。

その女房も気分が重いと言う。ひなびた温泉地ではゆったりしても帰京するや再び鉛のように重くなるという。三十過ぎの若い女性編集者も、「取材で宇部へ行ったら震災には関係なく世の中が動いていてホッとしたけど東京に戻ったら元の木阿《もくあ》弥《み》でした」と言う。明けても暮れても震災関連の報道にさらされていることが原因らしい。今の所、チェルノブイリより格段に少ない放射性物質の放出だが、収束の目途《めど》がはっきりしないので国民は不安からこれらニュースに釘《くぎ》付けとなる。余りにも凄惨《せいさん》な津波の傷跡を見て暗然となる。肉親を失い家を失いながらもなお力強く復興へ動き出す被災者の姿を見て、その涙を見て、その笑顔を見てさえ沈んでしまう。私だけでなく日本中がそうなっている。

私は以前から「日本は惻隠《そくいん》の国」といろいろの機会で書いたり言ったりしてきた。まさにこの惻隠の情、すなわち「弱者への涙」が今、日本中に満ち溢《あふ》れている。日本はまだ高貴を失っていない。しかし、不運や不幸に出会った時、もっとも留意すべきは二次被害、三次被害を最小限に食い止めることだ。大事な人を失うことは誰にとっても不幸だが、それをはかなむ余り身体《からだ》を壊してしまったら二次被害だ。入試に落ちるのは不運だが、落胆の余り食物がのどを通らなくなったら二次被害だ。その後、自暴自棄となり身をもちくずすことになったら三次被害だ。大震災は一次被害だが、それでいつまでも国民が沈みこみ涙にくれていては二次被害だ。それで経済が沈滞したら三次被害だ。

経済を盛り上げないと復興さえままならない。そのためにはつきない涙をいったんしまいこみ、救援や応援や復興に携わる人以外の人々は、何も起きていない頃の平常に戻り、それぞれの持場で全力をつくすことだ。自粛を直ちに止《や》め、外出し、ものを買うことだ。9・11の時、ニューヨークのジュリアーニ市長は「SPEND（金を使え）」と言った。気分を変えるためにはテレビも、震災報道ばかりでなく、落語、漫才、スポーツ、コメディーや歌番組を多くすべきだ。雑誌は可能性の低い事態を想定し、いたずらに恐怖を煽《あお》るのを止めるべきだ。復興の力を萎《な》えさせるからだ。今、原発では英雄的行為が続けられている。ここに向かう消防車に避難民は深々と頭を下げているという。こういう気高い人々のためにも、今こそ涙を振り払わなくてはならない。歌手は心のこもった歌を歌い上げ、サッカー選手は入魂のゴールを決め、作家は良い本に骨身を削り、学生は歯を食いしばって勉強するのだ。

（二〇一一年四月二八日号）

## 風評の原因

私が小学生の頃、父に妙な葉書が来た。内容を詳しく覚えてはいないが、最後に「この葉書を書き写して七日以内に七人に送ればあなたは幸せになります。送らなければあなたはその後七日以内に不幸な死を迎えることになります」とあった。夕方、帰宅した父はそれを見て「幸福の手紙だな」と吐き捨てるように言った。読んで恐くなった私が「葉書七枚くらいなら大したことないから書いた方が」と言いかけたら、母はいきなりその葉書をビリビリと破いてごみ箱に捨ててしまった。そして「こういう手紙はこうするものです」と言った。

それ以後、そういう手紙が私にも四通ほど来たがその都度、母にならい破り捨てた。母や私のような人間が一人もいなかったら、二週間ほどで日本中の人々が同じ手紙を手にすることになる。今ならメールやツイッターだから、各人が十分以内に七人に転送するとすれば数時間で日本中に行き渡る勘定だ。

今度の大震災では千葉のコスモ石油が火災を起こしたが、女房の所に「舞い上がった有害化学薬品がまき散らされているから絶対に雨にぬれないように」という趣旨のメールが来た。「プロパンガスが燃えても炭酸ガスがまき散らされるだけ」と私は笑いとばした。「友人の原子力専門家によると、福島での事故はチェルノブイリよりはるかに重大で死者数はその十倍に達するだろう。政府と東電はそれをひた隠しにしている」という風評メールも来た。チェルノブイリは核分裂の暴走による原子炉の爆発、福島では核分裂は地震発生時に停止されていて放出された放射性物質も十分の一以下である。だからＩＡＥＡや仏露の専門家が同じレベル７でも様相と規模がまったく違うと言っている。

大衆に不安がある時、風評はあっという間に伝播《でんぱ》する。関東大震災の時も「朝鮮人が暴徒化した、井戸に毒を入れ放火し回っている」などという噂《うわさ》が流布《るふ》した。風評を防ぐには当局が正しい情報を迅速に出すことだ。今回の大震災では主に政治家や官僚が政府の広報に当ってきたが、専門的知識に欠けるうえ政治的思惑や責任回避の姿勢が見え隠れしていたから、余り信用されなかった。レベル５が唐突に７まで上がったのは隠蔽《いんぺい》だ。一方、イギリスは政府科学顧問を中心とする原子力や放射線医療の専門家チームが、事故発生の三日後くらいから在日英国人向けに、大使館を通じ数日おきに危険度を具体的に説明した。チェルノブイリとの本質的違い、最悪のケースとはどんな状態か、その場合でも二日間ほど家にこもっていれば東京にいて大丈夫、水は日本政府の指示に従えばよい、などと説明していた。イギリスのメディアもパニックになっていたから、東京に住む友人の英国人はこれで気が楽になったと言っていた。実は私もそうだった。政府は無責任な風評を批判しているようだが、風評が出るのは政府の責任だ。原発事故は直ちに国際問題だからどの国の政府もとりあえず隠蔽しようとする。当事国の原子力専門家は電力会社としばしば深い関係にあるから、国際専門家チームが事故直後から調査に入り信頼度の高い情報を全世界へ向けて出す、というシステムが必要だ。

（二〇一一年五月五・一二日号）

## 内向きな視線

英国での研究生活から大震災直前に帰国した息子が「NHKはイギリスのBBCに比べて呑気《のんき》だね。これだけ大事件が海外で起きているのにほとんど触れないからね」と言った。私もかねてより感じていたことだった。今年に入りエジプト、リビア、シリアなど、あちこちで大変な騒動が起きている。市民に銃を放つ独裁政権の強圧的行動を抑えるため、欧米は軍事力を行使し始めた。エジプトはスエズ運河を抱えイスラエルと隣接する大国だから中近東全体に拘《かか》わるし、シリアやリビアには油田もある。これら民主化を求める市民暴動はアフリカ、中近東さらに北朝鮮、中国など、世界中の独裁政権に飛び火しかねない。

実はアフリカではエジプトやリビア以外の国々の方がここ何十年の間、混沌《こんとん》のるつぼにある。惨《むご》たらしい内戦や飢餓《きが》が蔓延《まんえん》し、その陰には鉱物資源を漁《あさ》る米中露などの露骨な介入や暗躍があった。我が国のニュースメディアは発展途上国の人々の痛みを意に介さず、資源利権に群がる大国のすさまじくも浅ましいエゴに関してもほとんど報道してこなかった。ニュースの大部分は国内の出来事で、海外ニュースは我が国と直接関係のある事柄に限られ、時折、サルコジ大統領の離婚、ウィリアム王子の婚約や結婚、ベルルスコーニ首相の放言失言淫行《いんこう》などといったものが入るという具合だ。

大地震や大事故が世界のどこかで起きると決まって邦人の安否を中心に報道する。「人間の生命は地球より重い」を旨《むね》とする人命尊重の国なら、毎年アフリカで千五百万人の人間が餓死していることやその背景をたまには伝えてもよい。邦人の安否は問い合わせ電話番号をテロップで流せば事足りる。

我が国における海外ニュースの少なさ、拙劣きわまる外交、海外留学者数の激減などは同根のように見える。日本人の視線が内向きとなっているのだ。世界を知ろうとしないのは、世界を知らなくともここ数十年、大した国家的過誤も犯さず、平和で豊かで幸せな生活を送ってきた、という自負によるものなのだろうか。確かに戦後の日本は、他国のように世界の情報を必死に集めたり自らの主張を世界に発信し国際社会の支持を得る、などという努力をほとんどしてこなかった。アメリカの核の傘の下でアメリカの指示通りにさえしていれば、アメリカの属国と世界から見なされる屈辱に耐えるだけで平和と繁栄は手に入り、情報の収集や発信に頭を悩まさなくともよかった。

残念ながらそんな時代はすでに終っている。一昔前のアメリカならヨーロッパ、中近東、南アジア、東アジアの少くとも二地域で同時に軍事対処をできたが、今はイラク、アフガニスタンなど中近東だけで手一杯で他地域では手も足も出ない。エジプト、リビア、北朝鮮で事が起ころうと動けない。世界の警察としての力はとうに失くしている。この傾向は今後さらに進む。日本はいよいよ独り立ちしなくてはいけなくなっている。独り立ちにはまず情報だ。なのにテレビは今日もまた、震災以外ではうんざりするような政争や違法献金、大相撲の八百長、芸能人の冠婚葬祭などで花盛りだ。

（二〇一一年五月一九日号）

## 大敗北の殿《しんがり》

日露戦争の奉天《ほうてん》大会戦は、日本軍二十五万とロシア軍三十一万が零下三十度近い原野で正面衝突するという、人類史上最大の会戦だった。これに辛勝した日本軍は、当然ながら退却を始めたロシア軍の追撃に移った。敗軍の追撃というのは、逃げている敵軍の背後から攻撃するため敵に最も甚大《じんだい》な被害を与える。ところが日本軍は、激烈な戦いにより砲弾も食料も第一線将校も底をついていて、大軍殲滅《せんめつ》の絶好のチャンスをみすみす指をくわえて見過ごした。

退却時の厳しい条件下において最後尾で敵と戦うのが殿《しんがり》だ。最も危険な任務なので古今東西、人格の優れた猛将がこれを請負う。今、東京電力は福島原発の大敗北から退却中である。殿としての現場部隊は依然としてきわどい戦いを続けている。原発作業員達は風呂《ふろ》もシャワーもない施設の広間で雑魚《ざこ》寝《ね》をしながら、この世で最も危険な任務に従事している。極端な心身のストレスに耐えつつ敢闘している。東電の大敗北と記したが、これは原発を推進しその安全性を管理してきた歴代政府の大敗北でもある。この大敗北の殿を今、東電、特に現場が身の犠牲をいとわず務めている。この献身的な人々がいなかったら日本ばかりか世界が破局的な放射能被害を被《こうむ》ることになる。だからこそ世界は半ばすがる気持で彼等をヒーローと讃《たた》えているのだ。

にもかかわらず政府も国民も東電叩《たた》きに走っている。政府はあたかも自らの責任を転嫁《てんか》するかのごとく東電を罵倒《ばとう》し、国民はやり場のない怒りと不安を東電にぶつける。無論、東電が想定外を想定しなかったことや、初動で誤りを犯したことなど非難すべき点は多々ある。しかし被害の拡大を防ぐために殿が頑張っている最中に叩いてどうなるのか。そもそも電力会社は、石油、石炭、天然ガスなど化石燃料の枯渇《こかつ》と高騰《こうとう》、それらから生ずる$CO_2$ガスなどによる酸性雨や地球温暖化、を憂《うれ》える政府の方針に従い原発を発展させてきたのだ。国民だって原発の危険を知っていたからこそ、他のエネルギーが開発されるまでベストミックスという形で危険と共存して行こう、という選択をしてきたのだ。政府は二〇一〇年、石油価格の高騰を見て、二〇三〇年までに原子力発電を全電力の五十%以上に高める、というエネルギー基本計画を決定している。

東電やそれを監視する原子力安全・保安院の呆《あき》れるような癒着や危機に対する余りの想像力欠如は、事態が収拾された後で厳しく問われるべきものだ。しかしこれとても果たして徹底的に問うことができるのだろうか。

国防を半世紀以上も他国にまかせたまま、自らの国を自ら守ろうともせず、脆弱《ぜいじゃく》な平和と浮草のごとき繁栄に浮かれてきた、国家意識の稀薄《きはく》な国と国民である。軍備の大増強を二十年以上も続け日本近海に傍若無人に出没する中国軍、全国十七ヵ所にある原発への陸海空からのテロ攻撃、想定外の天災、といった国家規模の危機に対して切迫感を持てといってもしょせん叶《かな》わぬ話なのだ。福島原発事故を起こしたのは、地震でも津波でも東電でもなく、国民の弛緩《しかん》した精神なのではなかろうか。

(二〇一一年五月二六日号)

## ユーモアは不謹慎ならず

先日、ある会報を読んでいたら、在米経験の長いジャーナリスト、松山幸雄氏がこう書いていた。「アメリカの人物判定で重視されるのは（一）瞬発的（二）論理的な発言（三）ユニークさ（四）ネアカな気質とユーモアのセンス、くらいに思っておいた方がよいようだ」。在米は三年ほどと比較的に短い私も大体こんなものと思う。（五）として野心を付け加えてよいかも知れない。

日本ではそれほど評価されないものばかりと言ってよい。瞬発力のよい人は「軽佻浮薄《けいちょうふはく》」と言われそうだし、論理的にまくしたてれば「口舌の徒」とか「理屈張ったイヤな奴《やつ》」と言われそうだ。ユニークな人は「変人」と評されやすいし、会議でユーモアを発揮すれば「不真面目《ふまじめ》」とか「不謹慎」と囁《ささや》かれそうだ。実際、アメリカから帰ったばかりの頃の私はそう言われそう思われた。その頃の理学部教授会で、

「海外帰国子女」の入試を検討中、口がうまく回らず「カイガイキコクシジョ」と言ってしまった。間違いに気付いた私は狼狽《ろうばい》しつつ持前の瞬発力とユーモアで、「いえ、キコクシジョです、ショジョでなくても構いません」と付け加えた。満場は静まりかえり冷気で覆《おお》われた。

同じアングロサクソンとは言え、イギリスでは大いに違う。日本人の感覚に似ている。瞬発力を発揮しまくし立てるような者は「出過ぎた者」として嫌われる。ハムレットの中でも、内大臣ポローニアスが息子に「人の話には耳を傾け、自分からはめったに話すな」と言っている。論理をふりかざし主張するのは「フランス人のすること」と敬遠される。ユニークな人はイギリスでは特に何とも思われない。一風変った人が多過ぎるからだ。やはりハムレットの中で、墓掘り人が「あそこ（イギリス）じゃ気が違っていても目立たねえからな。なにしろ気ちがいばっかりだから」（小田島雄志訳）と言っている。野心については日本と同様、あってもよいが隠さなければいけないものとなっている。アメリカとは違い、英日では控え目が大切なのだ。アメリカとイギリスが一致するのは五項目の中でユーモアだけだ。ただしイギリスではこれが一番目にくる。私がケンブリッジ大学にいた頃の同僚で天才的数学者がいたが、彼は「イギリスで最も大切なものはユーモアだ」と断言した。私はこの言明が正しいかをイギリス人の学者、外交官、政治家など数十名に尋ねたがすべての人が同意した。

日本ではどうか。誠実、思いやり、協調性が三本柱だろうか。国際社会で生きて行くには、一見アメリカ型が最適で日本型は心許《こころもと》なく思えるがそうでもない。アメリカ型秀才を揃《そろ》えたアメリカの経済や社会が日本よりうまく行っているようにはとても思えないし、世界におけるアメリカの評判もさしてよくない。一方、英国BBC放送が二〇〇六年に三十三ヵ国四万人を対象に行った調査では、「世界に良い影響を与えている国」のトップが日本なのだ。三本柱は長い目では正当に評価される。だから日本は高く評価され私が低く評価されるのだ。三本柱に「ユーモア」を加え四本柱とすれば、国際的に活躍する日本人が一気に増え鬼に金棒となる。

（二〇一一年六月二日号）

# 会議は踊る

三人兄妹の真中として生まれた私は、小学生の頃から家で兄や妹よりよく使われた。父の煙草《たばこ》を買いに走るのも、雨戸を閉めたり井戸水を手押しポンプで汲《く》み上げたり、風呂《ふろ》をわかすために火をおこすのも主に私だった。

ほめられるのが何より好きな私はたいてい不平を言わずに動いたが、時には「どうして僕ばっかりなんだよお」などと口を尖《とが》らせた。そんな時、母は必ず「分かりました。お前がしないなら私がします」と言った。父は「オーダー　イズ　オーダー（命令は命令だ）」とカタカナ英語で言った。言う通りにせざるを得なかった。私も息子三人には幼い頃から有無を言わさず命じてきた。家庭に民主主義を持ちこんだら、しつけはできず何一つ決まらないのだ。

慶応四年（一八六八年）に若き明治天皇は「五箇条の御誓文」を布告した。第一条は「広く会議を興し万機公論に決すべし」だ。民主主義がアメリカにより戦後もたらされたものではない証拠だが、これ以降、日本は万機公論国家となった。十七条憲法の冒頭にも「以和為貴（和をもって貴しとなす）」とあるからなおさらだ。今度の大震災後に政府は対策を練るため二十以上の会議、委員会、本部、チームなどを作ったから、一八一五年のウィーン会議にならい「会議は踊る、されど進まず」などと揶揄《やゆ》されている。たとえ自民党政府であっても似たようなものだったろう。

政治家だけではない。雨後の筍《たけのこ》のごとき会議乱立を批判する人、の所属する組織においても委員会がやたらに多くなっているはずだ。大学でも委員会は増えるばかりで、日本中の大学教員は会議に追い回され研究や教育へのエネルギーを危機的と言ってよいほどそがれている。日本における会議はこれからも増え続けるだろう。根本原因は情報革命が社会の進展を著しく速めた結果、時々刻々と新事態が発生していることだ。例えばケータイが行き渡っただけで学校では、ケータイの生徒の学業や人間関係への影響の有無、教室への持込みの是非、新手のカンニングに対する方策、などを決めなくてはならなくなる。どれも難題だから会議を幾度となく重ねることとなる。その上、我が国ではリーダーが過《あやま》ちを極度に恐れ、また責任をとりたがらないから余計多くなる。

大量に新事態が発生する中で万事を会議にかけていては会議が過多となり、決定に時間がかかりすぎ、危機には迅速に対処できない。無責任体制となる。組織構成員の本業に差し障《さわ》りさえ出てくる。万機公論は情報社会に必ずしもそぐわないシステムなのだ。「三人寄れば文殊の智恵」があるが、山本夏彦氏の「バカが三人集まれば三倍バカになる」もある。これからの我が国で本当に必要なのは民主主義より、「理」と「情」と圧倒的大局観に基づき、全責任を一身に担い果敢に決断し、それを人々の心に届く言葉で語れるリーダーだ。理、情、大局観、言葉の四つを兼備しないリーダーは、責任回避のため会議を増やし、内外を右顧左眄《うこさべん》し、国民に阿《おも》ねり媚《こ》び諂《へつら》うだけで、独立不羈《どくりつふき》そして復興のために国民を奮い立たせることもできない。

（二〇一一年六月九日号）

## 奈良光枝のこと

昭和二一年に「或《あ》る夜の接吻《せっぷん》」という映画が封切られた。日本初の接吻映画と宣伝されたが、私がよく見たところ主演の若原雅夫《まさお》と奈良光枝は接吻していない。雨の中で抱き合い顔を近付けるが、傘に覆《おお》われてしまう。

接吻をほのめかしているが絶対にしていないはずだ。私の奈良光枝は清純無垢《むく》でそんなふしだらをするような人間ではないのだ。私などとは根本的かつ本質的に違うのだ。私が奈良光枝に恋い焦《こ》がれるようになったのは中学生の時、「悲しき竹笛」という歌をラジオで聞いた時からだ。

「ひとり都のたそがれに　思い哀《かな》しく笛を吹く　ああ細くはかなき竹笛なれど　こめし願いを君知るや」。細くはかなき竹笛なれど、という部分を歌う時の、彼女の細くはかなく切ない声が何とも魅力だった。我が家にテレビが入ったのは皇太子御成婚の時、中学校三年生の終りだったから、奈良光枝を初めて見たのは高校一年生の時と思う。三十代後半だった彼女の余りの美貌《びぼう》と清楚《せいそ》には真に誠に本当にたまげた。彼女を見てたまげない人は視力か感受性に問題のある人だけだ。これほど美しい女性を見たことはそれ以前も以降も一度もない。こんな人はもう二度とこの世に生まれないとさえ思った。今もそう思う。「悲しき竹笛」が「或る夜の接吻」というけしからん題名の映画の主題歌と知ったのはかなり後だった。そこでビデオをよくよく眺め彼女の純潔を確認したのだ。

彼女の歌には他にも、「雨の夜汽車」、藤山一郎との「青い山脈」、「赤い靴のタンゴ」、「白いランプの灯《とも》る道」などの傑作がある。すべて昭和二〇年代の歌だ。レコードもテープもCDも持っている。私はこれらの歌を何度聞き何度歌ったことだろう。例えば、「赤い靴のタンゴ」の中の「飾り紐《ひも》さえ涙でちぎれて」などという所を歌うと、数学の研究が何ヵ月かけても一歩も進まず打ちひしがれている時には慰められ、新しい定理の証明が完成し調子づいている時は高ぶる気持を鎮《しず》めてくれ、職場でいやなことのあった日には不愉快を一掃してくれる。私には、秘《ひそ》かに私を想《おも》い、飾り紐を涙で濡《ぬ》らしている彼女がいるのだ。

彼女を思わない日はほとんどなく、その故郷である弘前は自然に聖地となった。二十代の末、ミシガン大学にいる頃、母がNHKで彼女に出会い、もの怖じしない母は何と話しかけたのだ。「数学をしている息子が大変なファンなのですよ」「あーら、若い男性のファンなんて珍らしい、光栄ですわ」。さらに母は何と手帳の一ページに畏《おそ》れ多くもサインを求めたのだ。私の真心が伝わったのだろう、彼女は万年筆で「藤原正彦さん江　奈良光枝」と書いてくれた。二人の秘めた愛の証《あかし》としてサインは太平洋を一往復し今も手許《てもと》にある。彼女は佳人薄命の通り五十三歳で亡《な》くなった。青山斎場で行なわれた葬儀はあいにく講義と重なっていた。前々日から休講にしようか悩みに悩んだ。結論が出ず、一生の重大事ゆえ葬儀の前夜、父に相談した。「バカモン、公務優先に決まっとる」と一喝された。こうして私の青春は終った。翌々年、奈良光枝のことを「誰、それ」と言った非国民のような小娘と結婚した。

（二〇一一年六月一六日号）

## 日本人の誇り

二〇一〇年の平均寿命ランキングというものを見た。

世界保健機関（WHO）の調査だが、日本人の平均寿命は八十三歳で何と加盟百九十三ヵ国中の一位だ。日本人の肉体的特性によるものでないことは、日本人と似たような肉体をもつ東アジア諸国のうち、五十位以内に入っているのが十七位の韓国のみということから明らかだ。魚など水産物をよく食べる習慣も大きいのだろうが、これだけでは説明がつかない。日本人の三倍も食べるモルディブは五十六位だし、日本人の五割も多く食べるアイスランドは三位だからだ。脂肪摂取量が少ないことだけでも説明できない。九位のフランス人は三十二位のアメリカ人より一割も多く脂肪を取っているからだ。

こういった食生活に加え、豆腐や納豆、味噌《みそ》など大豆製品の摂取の多いことも長寿に貢献しているだろうし、カテキンやビタミンCなどを多く含む緑茶を飲むことも動脈硬化やガンを防ぐのに役立っているかも知れない。毎日、風呂《ふろ》に入り身体《からだ》を清潔にする習慣も感染症予防に役立っているはずだ。医学的知識のまったくない昔からこのような食習慣や生活を営んできた日本人の、生活文化の勝利と言える。

それに加えて全国で行なわれている高齢者のための定期健康診断や国民皆保険を柱とした医療システムもある。さらには弱者を救うためならどんなことでもする、という赤ひげ先生が全国にいることも大きい。大震災でも発揮された日本伝統の惻《そく》隠《いん》がまだまだ生きているのだ。

私の知人に東北地方の大病院に勤務する四十代の小児科医がいる。三年ほど前のこと、彼からのメールに私が答えたのに、いつもはすぐ返ってくる返信がこない。どうしたのかなと思っていたら二週間ほどして返事がきた。彼が長く手がけてきた小児ガンの子供がとうとう亡《な》くなってしまい、余りの気落ちのため何も手につかなかった、と謝ってきたのである。大病院に勤務する医者が患者の死に直面するのはよくあるはず、と思っていたから意外だった。わが子を看《み》るように看てきたのだろうと思った。そしてこのような医者がまだいるのだと胸が熱くなった。

平均寿命世界一は、日本人の生活文化そして精神文化の勝利でもあった。まさに「日本人の誇り」である。

私も日本人らしい生活をし、日本人らしい心を持つことで長生きしようと決意した。これを一回り下の女房に伝え協力を頼んだら「徹底的に長生きしてね。女の寿命は男より七年長いから私はあなたが平均寿命で死んだらその後十九年も一人で生きなくちゃいけなくなるから」と殊勝なことを言った。小娘も私の三十年間にわたる適切な指導でやっとここまで成長したか、と感心していたらもう一言付け加えた。「どうせ長生きできないなら下手に粘らないでね。再婚の機会を失っちゃうから」。小娘は小娘だ。

（二〇一一年六月二三日号）

## 故郷の諏訪《すわ》にて

故郷の諏訪に二十坪ほどの畑を持っている。海抜千二百メートル近くのこの辺りでは「八十八夜の別れ霜」といって、五月二日頃の八十八夜を過ぎるとやっと晩霜《おそじも》から解放される。今年は寒かったので用心のため普段より二週間も作付けを遅らせた。植えるのは手のかからないジャガイモ、カボチャ、トウモロコシ、大豆、ミニトマトなどだ。この地の高原野菜は極端に美味《おい》しい。そばに山荘を持っているが、ここを数年前に訪れたケンブリッジ大学の先生と学生達は、とりたての枝豆を食べて「こんなに美味しいものを食べたことがない」、朝もぎのトマトを頬ばるや「甘くて果物みたい」と言ったほどだ。イギリス人に味を褒められても大した名誉にはならないが。

畑作りを指導してくれるのは幼い頃から知っている源次さんだ。今年九十二歳になる。二等兵として数年間華北で戦った他は生涯この地で田畑を作ってきた人である。野良《のら》仕事を一緒にした後、源次さんの家でお茶を飲むのが楽しみだ。尋常小学校卒の源次さんだが、文藝春秋を購読するほどの勉強家で、出たばかりの私の新書にはすでにあちらこちらに傍線が引かれている。元田舎小町の夫人と二人で戦前を語ってくれる。私が「日本の学校でもアメリカのように、短所を直すことより長所を伸ばすことに重きをおいた方がよい」と言うとすかさず「日本でも昔から『得手に帆を揚げ』と言ってただよ」と教えてくれる。

先日は風呂《ふろ》の話に花が咲いた。昭和三〇年代半ば頃まで、ここでは夏、どこの家も庭先に置いた風呂桶《おけ》に川の水をバケツで運び薪《まき》で沸かしていた。大きなブリキバケツに一杯の水は子供の私にとってとてつもなく重かった。

びっくりした女房が尋ねた。「どうしてわざわざ庭先へ出すの」「普段は土間に置くだが夏は気持いいで庭の真中へ出すだ。夏は田や蚕で忙しくて毎日風呂っていうわけにもいかねえで、大ていは庭の池や道端の川で一日の汗を流すだ。風呂をたてた時にゃあ、隣をよばって先に入ってもらったりしただ」。

日本人は恐らく数十年ほど前まで、何千年もの間、どこも大体こんな習慣を続けていたのだろう。女房が尋ねた。「どこで身体《からだ》を洗うの」「風呂の中さ」「えっ、お湯が汚れちゃうじゃない」「十人も入るで後の方じゃあ、ほりゃあ表面から一寸ばかは白い垢《あか》だらけさ」。私も子供の頃、表面に敷きつめられた垢を両手ですくって外に捨てたことを思い出した。半ば呆《あき》れた女房が今度は夫人に食い下がる。「ねえ、衝立《ついたて》はなかったの。道から丸見えじゃ恥ずかしかったでしょう、娘の頃とか新婚の頃とか」「ほんなこたあねえよ。恥ずかしくなんかねえさ、ほういうもんだと思っているだで」。男なんて誰も亭主程度と思っている女房が「年頃の娘が入ったりしている時に男が覗《のぞ》きに来たりしないの」と尋ねると「聞いたこたあねえわ」と答えた。源次さんにさよならを告げ通りへ出ると、過疎《かそ》化が進み若者も子供もいない村は静まり返っていた。源次さん夫妻もいつかは消え、笑いと涙と活気のみなぎっていたこの村の記憶もやがて消えるのだろう。土蔵の白壁に落陽が滲《にじ》んでいた。

（二〇一一年六月三〇日号）

# きわめて誠実なエッセー集

熊谷達也

最初に私事で恐縮なのだが、今から四半世紀ほど前、私が中学校の数学教諭をしていたころのことである。担任を受け持ったクラスに、やたらと本好きの男子生徒がいた。確か、進路を相談するための二者面談の時だったと思う。将来はどんな職業に就きたいのか、という私の問いに、彼は「本屋さん」と答えた。たくさん本を読んでいるだけあって、作文も上手な生徒であった。なので、「小説家とか物書きを目指してみようとは思わないの?」と尋ねてみた。すると彼は、「そんな恥ずかしい仕事はできません」と、何のためらいもなく即座に答えた。中学生の真実を見抜く力は素晴らしい。自分で物書きになってみてよくわかった。作家や小説家と呼ばれる職業ほど恥ずかしい仕事は、めったにあるものではないのである。

とりわけ、エッセーという創作分野は恥ずかしさの極致にあるやもしれない。私が本業にしている小説を書くのだって相当に恥ずかしい(どう恥ずかしいかは挙げていくときりがないのでやめておく）行為である。それが、エッセイストともなれば、自身の人格を自ら進んで公衆の面前に暴露しなければならないのである。普通だったら家族にしか、いや、家族にさえ話せないような、実に恥ずかしい自身のあれこれを、赤裸々に明かす必要がある。だからこそ、たまに偉そうなことを書いても許されるのだ。時には「なるほど！」と膝《ひざ》を打って感心してもらえるのだ。あるいは「そうだ、そうだ」と共感していただけるのである。

だから、総じて優れたエッセー、読者に愛され続けるエッセーは、玩具箱《おもちゃばこ》みたいに混沌《こんとん》としていながらも色彩豊かだ。政治や経済、さらには世界情勢や人類の未来を深く憂《うれ》えたり、義憤に駆られて怒ったりしていたかと思えば、突然、惚《ほ》れた腫《は》れたの下世話な話題になったり、どうでもいいようなくだらないことを真剣に論じ始めたりと、内容が実にバラエティに富んでいる。そんな人間臭い暖かさに、私たち読者は共感を覚えるのだろう。

今さら私が声を大にして語る必要もないのだが、本書『管見妄語　始末に困る人』も、まさしくそんな一冊だ。人生の中の一服の清涼剤として、あるいは気の利《き》いたスパイスとして、ためらうことなくお薦めできる。

けれど、ここでもう少し違う角度から本書を見つめれば、一人の優れたエッセイストによる思索の、きわめて貴重な記録と言ってよいかもしれない。ここであえて、貴重な記録、と私が言うのは、二〇一一年三月一一日の東日本大震災を挟《はさ》んで書き続けられていたエッセーだからである。

雑誌連載中にすでに目にしていた読者も多いと思うのだが、本書は「週刊新潮」の人気コラム『管見妄語』をまとめたもので、前作『管見妄語　大いなる暗愚』に続くシリーズ二作目のエッセー集となっている。

冒頭の『サヨナラだけが人生だ』が二〇一〇年六月二四日号の掲載で、大きく五つの章に分けられているものの、すべてのエッセーが時系列順に並べられている。そして、最後の『故郷の諏訪《すわ》にて』の掲載が二〇一一年六月三〇日号。著者本人が『はじめに』で書いているように、第五章のトップ『日本の底力』(二〇一一年四月七日号)から五月二六日号の『大敗北の殿《しんがり》』まで、七本のエッセーがすべて大震災がらみの内容になっている。

それがわかっていただけに、本書のゲラを読んでいる途中、仕事であるのを忘れてかなりドキドキしながら頁をめくっていた。あの藤原正彦があの大震災を前にしていったい何を語るのか(何を語っていたのか)、個人的にとても興味深かった。

ところで、またしても私事になってしまうのだが、藤原正彦氏とは不思議なご縁がある（と勝手に私が思い込んでいる）。

高校生のころの私は無類の読書好きではあったが、読書の傾向がかなり偏《かたよ》っていた。全読書量の六割くらいが海外のSFで、三割ほどが国内のSF、残り一割がブルーバックスといった按配《あんばい》で、いわゆる日本文学は国語の教科書に載っている作品くらいしか読んでいなかった。そんな中でまともに読んだ数少ない国内の、しかもSF作家ではない書き手による本が、新田次郎の『アラスカ物語』だった。

それから数年後、大学生（入学したのは理工学部の数理学科）になっていた私は、文庫になったばかりの『若き数学者のアメリカ』を手にして、いたく励まされた。言うまでもなく、藤原さんがエッセイストとして活躍し始める契機になった、日本エッセイスト・クラブ賞の受賞作である。しかしこの時点で、藤原さんと新田次郎は、失礼ながら私の中では結びついていなかった。

それからさらに二〇年後、運よく小説家として文壇の末席に座らせていただくことになった私は、さらに幸運なことに（まぐれとも言う）、二作目の小説で新田次郎文学賞を頂戴《ちょうだい》することになり、慣れないスーツを着て授賞式と祝賀パーティーに臨んでいた。

その席に、藤原さんはいらっしゃったはずだ。たぶん、挨拶《あいさつ》もさせていただいたはずだ。しかし当時の私は、右も分からない新人作家で、住んでいる場所も仙台(今もだが)だ。文壇事情にはまったく疎《うと》く、パーティーで誰とお会いしたかなど殆《ほとん》ど覚えていない。唯一《ゆいいつ》覚えているのは新田次郎氏の奥様、藤原ていさんだけで、その時はこの道の大先輩であることも承知せず、とても品のいいおばあちゃんであるな、と失礼ながら胸中で微笑《ほほえ》ませていただいたという、完璧《かんぺき》なまでに怖いもの知らずのおのぼりさんだった。

そしてなおも失礼なことに、その時点でも藤原さんと新田次郎は、私の中では結びついていなかった。えっ？　藤原正彦さんは新田次郎の息子さんだったの？　とようやく結びついたのは、それからまたしばらくして『国家の品格』が大きな話題になった時だった。穴があったら入りたい、というのは、まさにこのことである。そんな私が今、この本の文庫解説を書いているのだから、人の縁というものは実に不思議なものだ。

閑話休題。

あの未曾有《みぞう》の大震災を前にした藤原さんのエッセーは、ご本人もこれまた『はじめに』で述べているように、かなり動揺したものになっている。無礼を承知で言えば、うろたえている様子がありありと伝わってくる。それを読んで私は、人間として、物書きとして、とても誠実な人だな、と深い感銘を受けた。

あれだけの惨状を目の当《ま》たりにして、うろたえなかったら嘘《うそ》である。もしかしたら、大震災を前にして最もうろたえたのは、東京に暮らしていた人々だったかもしれない。実は私を含め、3・11の当時、被災地の人間はうろたえてはいなかった。より正確に言えば、日々を生き延びるのに精一杯で、うろたえている余裕すらなかったのだ。

そして、大震災の渦中《かちゅう》で、被災地にいる私たちは言葉を失っていた。一瞬、言葉は意味をなさないものとなった。しかし、少し時間が経《た》ったところで、私たちは言葉を求め始めた。混沌の中から救い出してくれる言葉を渇望《かつぼう》した。言葉の力を信じようとした。

しかしその後、様々な場面でどれだけがっかりさせられたことか……。

物を書くことで生活させてもらっている人間は、震災直後、すべからく自らの言葉を発するべきだった。書かせてくれと言えば、何をどうしたらよいか、やはりうろたえ、困り果てていた出版媒体は、たいてい書かせてくれたはずである。それが、今の時代にプロの物書きとして生かさせてもらっている者の、最低限の義務であると同時に矜持《きょうじ》であっただろうにと、今でも私は思っている。どんなに的外れだったり、うろたえたものだったりしてもかまわない。あの時、何をどう見てどう感じたか、何を考えたのか、リアルタイムで発信せずして何が物書きなものか、と思う。皆が抱えているもやもやした正体不明のものを、何とかして言葉に翻訳しようと懸命になるのが物書きのあるべき姿である。一年以上も経ってから立派な文章を書かれても、胡散臭《うさんくさ》すぎて信用できるものではない。

だから、大震災を前にして激しく動揺しつつもこのエッセーを書き続け、自らが動揺していたことを隠そうとしない藤原正彦というエッセイストは、きわめて誠実であり信頼できるのである。そんな人の書いたエッセーが、面白くないわけがない。

（平成二五年九月　仙台にて、作家）

この作品は、平成二十三年十月、新潮社より刊行された。

藤原正彦著
# 古風堂々数学者
独特の教育論・文化論、得意の家族物に少年期を活写した中編。武士道精神を尊び、情に棹さしてばかりの数学者による、48篇の傑作随筆。

藤原正彦著
# 祖国とは国語
国家の根幹は、国語教育にかかっている。国語は、論理を育み、情緒を培い、教養の基礎たる読書力を支える。血涙の国家論的教育論。

藤原正彦著
# 人生に関する72章
いじめられた友人、セックスレスの夫婦、ニートの息子、退学したい……人生は難問満載。どうすべきか、ズバリ答える人生のバイブル。

藤原正彦著
# 日本人の矜持
―九人との対話―
英語早期教育の愚、歪んだ個性の尊重、唾棄すべき米国化。我らが藤原正彦が九名の賢者と日本の明日について縦横無尽に語り合う。

藤原正彦著
# 管見妄語 大いなる暗愚
アメリカの策略に警鐘を鳴らし、国民に迎合する安直な政治を叱りつける、ギョウザを熱く語る。「週刊新潮」の大人気コラムの文庫化。

S・シン
青木薫訳
# フェルマーの最終定理
数学界最大の超難問はどうやって解かれたのか？ 3世紀にわたって苦闘を続けた数学者たちの挫折と栄光、証明に至る感動のドラマ。

新田次郎著
縦走路

冬の八ヶ岳を舞台に、四人の登山家の男女をめぐる恋愛感情のもつれと、自然と対峙する人間の緊迫したドラマを描く山岳長編小説。

新田次郎著
強力伝・孤島
直木賞受賞

直木賞受賞の処女作「強力伝」ほか、「八甲田山」「凍傷」「おとし穴」「山犬物語」など、山岳小説に新風を開いた著者の初期の代表作。

新田次郎著
孤高の人
(上・下)

ヒマラヤ征服の夢を秘め、日本アルプスの山々をひとり疾風の如く踏破した〝単独行の加藤文太郎〟の劇的な生涯。山岳小説の傑作。

新田次郎著
蒼氷・神々の岩壁

富士山頂の苛烈な自然を背景に、若い気象観測所員達の友情と死を描く「蒼氷」。谷川岳衝立岩に挑む男達を描く「神々の岩壁」など。

新田次郎著
栄光の岩壁
(上・下)

凍傷で両足先の大半を失いながら、次々に岩壁に挑戦し、遂に日本人として初めてマッターホルン北壁を征服した竹井岳彦を描く長編。

新田次郎著
先導者・赤い雪崩

女性四人と男性リーダーのパーティが遭難死に至る経緯をとらえ、極限状況における女性の心理を描いた「先導者」など8編を収める。

網野善彦著　歴史を考えるヒント

日本、百姓、金融……。歴史の中の日本語は、現代の意味とはまるで異なっていた！　あなたの認識を一変させる「本当の日本史」。

池谷裕二
糸井重里　著　海馬
―脳は疲れない―

脳と記憶に関する、目からウロコの集中対談。「物忘れは老化のせいではない」「30歳から頭はよくなる」など、人間賛歌に満ちた一冊。

NHK
「東海村臨界事故」取材班　朽ちていった命
―被曝治療83日間の記録―

大量の放射線を浴びた瞬間から、彼の体は壊れていった。再生をやめ次第に朽ちていく命と、前例なき治療を続ける医者たちの苦悩。

NHK取材班著　白夜の大岩壁に挑む
―クライマー山野井夫妻―

凍傷で手足の指を失った「最強の夫婦」が再び垂直の壁に挑んだ。誰もが不可能と思ったチャレンジを追う渾身のNHKドキュメント。

小林秀雄著　本居宣長
日本文学大賞受賞（上・下）

古典作者との対話を通して宣長が究めた人生の意味、人間の道。「本居宣長補記」を併録する著者畢生の大業、待望の文庫版！

木田元著　反哲学入門

なぜ日本人は哲学に理解しづらいという印象を持つのだろうか。いわゆる西洋哲学を根本から見直す反哲学。その真髄を説いた名著。

梯 久美子著

**散るぞ悲しき**
―硫黄島総指揮官・栗林忠道―
大宅壮一ノンフィクション賞受賞

地獄の硫黄島で、玉砕を禁じ、生きて一人でも多くの敵を倒せと命じた指揮官の姿を、妻子に宛てた手紙41通を通して描く感涙の記録。

神坂次郎著

**今日われ生きてあり**

沖縄の空に散った特攻隊少年飛行兵たちの、この上なく美しくも哀しい魂の軌跡を手紙、日記、遺書から現代に刻印した不朽の記録。

村上陽一郎著

**あらためて教養とは**

いかに幅広い知識があっても、自らを律する「慎み」に欠けた人間は、教養人とは呼べない。失われた「教養」を取り戻すための入門書。

茂木健一郎著

**脳と仮想**
小林秀雄賞受賞

「サンタさんていると思う?」見知らぬ少女の声をきっかけに、著者は「仮想」の謎に取り憑かれる。気鋭の脳科学者による画期的論考。

吉本隆明著

**日本近代文学の名作**

名作はなぜ不朽なのか? 近代文学の名篇24作から「名作」の要件を抽出し、その独自の価値を鮮やかに提示する吉本文学論の精髄!

半藤一利著

**幕末史**

黒船来航から西郷隆盛の敗死まで――。波乱と激動に満ちた25年間と歴史を動かした男たちを、著者独自の切り口で、語り尽くす!

## 新潮文庫最新刊

高橋由太著
### もののけ、ぞろり 吉原すってんころり
蘇る秦の始皇帝。血を飲む「丹」なる怪しい黒石。柳生十兵衛の裏切り……。《鬼火》の呪われた謎が解き明かされるシリーズ第五弾。

早見俊著
### 新緑の訣別
―やったる侍涼之進奮闘剣4―
お家騒動の火種くすぶる諫早藩。殿様のお国入りを前にして、涼之進がついに決断する！いよいよ佳境の爽快痛快書下ろし時代小説。

堀川アサコ著
### これはこの世のことならず
―たましくる―
亡くした夫に会いたい、とイタコになった美しい19歳の千歳は怪事件に遭遇し……恐ろしいのに、ほっと和む。新感覚ファンタジー！

藤原正彦著
### 管見妄語 始末に困る人
東日本大震災で世界から賞賛された日本人の底力を誇り、復興に向けた真のリーダー像を説く。そして時折賢妻に怯える大人気コラム。

養老孟司著
### 養老孟司特別講義 手入れという思想
手付かずの自然よりも手入れをした里山にこそ豊かな生命は宿る。子育てだって同じこと。名講演を精選し、渾身の日本人論を一冊に。

白洲正子著
### ものを創る
むしょうに「人間」に会いたくて、むしょうに「美しいもの」にふれたかった――。人知を超えた美の本質に迫る、芸術家訪問記。

## 新潮文庫最新刊

恩田陸著
# 隅の風景
ビールのプラハ、絵を買ったロンドン、巡礼旅のスペイン、首塚が恐ろしい奈良……求めたのは小説の予感。写真入り旅エッセイ集。

久住昌之著
# 食い意地クン
カレーライスに野蛮人と化し、一杯のラーメンに完結したドラマを感じる。『孤独のグルメ』原作者が描く半径50メートルのグルメ。

国分拓著
# ヤノマミ
大宅壮一ノンフィクション賞受賞

僕たちは深い森の中で、ひたすら耳を澄ました――。アマゾンで、今なお原初の暮らしを営む先住民との150日間もの同居の記録。

小山慶太著
# 若き物理学徒たちのケンブリッジ
―ノーベル賞29人 奇跡の研究所の物語―

20世紀前半、ケンブリッジは若き天才たちの熱気に包まれていた。物理学の発展をドラマチックに描いた科学ノンフィクションの傑作。

竹内靖雄著
# 経済思想の巨人たち
古代ギリシアの哲学者からノーベル賞経済学者まで。市場と資本主義について考え抜いた思想家たち。その思想のエッセンスを解説。

企画・デザイン 大貫卓也
# マイブック
―2014年の記録―

これは日付と曜日が入っているだけの真っ白い本。著者は「あなた」。2014年の出来事を毎日刻み、特別な一冊を作りませんか？

JASRAC　出1311079-301

# 管見妄語《かんけんもうご》　始末《しまつ》に困《こま》る人《ひと》

新潮文庫　ふ－12－12

平成二十五年十一月一日発行

著者　藤《ふじ》原《わら》正《まさ》彦《ひこ》

発行者　佐藤隆信

発行所　株式会社 新潮社

郵便番号　一六二―八七一一
東京都新宿区矢来町七一
電話 編集部(〇三)三二六六―五四四〇
読者係(〇三)三二六六―五一一一
http://www.shinchosha.co.jp

価格はカバーに表示してあります。

乱丁・落丁本は、ご面倒ですが小社読者係宛ご送付ください。送料小社負担にてお取替えいたします。

印刷・大日本印刷株式会社　製本・憲専堂製本株式会社



ISBN978-4-10-124812-7 C0195